Bibliografische Information der Deutschen Nationalbibliothek: Die Deutsche Nationalbibliothek verzeichnet diese Publikation in der Deutschen Nationalbibliografie; detaillierte bibliografische Daten sind im Internet über http://dnb.dnb.de abrufbar.

Die automatisierte Analyse des Werkes, um daraus Informationen insbesondere über Muster, Trends und Korrelationen gemäß §44b UrhG Ltext und Data Mining) zu gewinnen, ist untersagt.

Verlag: BoD · Books on Demand GmbH, In de Tarpen 42, 22848 Norderstedt

Druck: Libri Plureos GmbH, Friedensallee 273, 22763 Hamburg

ISBN: 978-3-7693-0469-5

**Charaktere:**

1. **Mira**: Die Protagonistin, eine sechzehnjährige mutige und neugierige Jugendliche, die oft von Abenteuern und mysteriösen Geschichten träumt. Sie ist die Erbin einer alten Blutlinie und muss sich der Dunkelheit stellen, um ihre Welt und ihre Freunde zu retten.

2. **Elias**: Ein junger Mann in Miras Alter mit blasser Haut und durchdringenden Augen. Er hat einen tiefen Bezug zur Geschichte der Vampire und ist derjenige, der Mira in das Abenteuer zieht. Elias zeigt Mut und Entschlossenheit, um die Dunkelheit zu bekämpfen.

3. .**Kaelan**: Ein weiterer junger Auserwählter, der über Wissen und Verständnis der alten Magie und der Blutlinie verfügt. Er spielt eine Schlüsselrolle bei der Erweckung der Kräfte, die benötigt werden, um die Dunkelheit zu

besiegen. Kaelan ist weise und strategisch, was ihn zu einem wichtigen Verbündeten macht.

4. **Nyx**: Die Antagonistin der Geschichte, eine mächtige Vampirin, die mit der Dunkelheit verbunden ist. Sie versucht, Mira und ihre Freunde davon abzuhalten, ihre Mission zu erfüllen, und hat die Fähigkeit, die Dunkelheit zu manipulieren.

5. **Aelira**: Eine mysteriöse Vampirin, die den Auserwählten hilft, die Geheimnisse der Blutlinie zu entdecken. Sie ist eine wichtige Mentor Figur, die ihnen zeigt, wie sie die Dunkelheit besiegen können.

6. **Eldrin**: Ein alter Wächter der Wälder, der den Auserwählten während ihrer Reise auf dem Weg zur Wahrheit und zum Herzen des Mondes unterstützt. Er bringt Weisheit und historische Perspektiven in die Geschichte ein.

7. **Der Wächter der Dunkelheit**: Eine bedrohliche Figur, die die Dunkelheit verkörpert und versucht, die Auserwählten daran zu hindern, ihre Mission zu erfüllen. Er repräsentiert die Herausforderungen, die Mira und ihre Freunde auf ihrem Weg überwinden müssen.

**Kapitel 1: Das Flüstern der Dunkelheit**

Die Dämmerung senkte sich über das kleine Dorf Eldermoor, und die Schatten der alten, knorrigen Bäume schienen lebendig zu werden. Ein kalter Wind wehte durch die Gassen und brachte das Flüstern vergangener Geheimnisse mit sich. Die Dorfbewohner hatten längst ihre Türen verriegelt und sich in die Sicherheit ihrer Häuser zurückgezogen, während die Dunkelheit langsam die Straßen eroberte. In einem alten, verwitterten Haus am Rand des Dorfes wohnte die sechzehnjährige Mira. Sie war ein neugieriges und mutiges Mädchen, das oft von Abenteuern und mysteriösen Geschichten träumte. Doch in den letzten Wochen hatte sich etwas Unheimliches in Eldermoor zusammengebraut. Die Menschen berichteten von seltsamen Vorkommnissen: Tiere verschwanden, und in der Nacht hörte man das Heulen von Wölfen, die näher als je zuvor schienen. Mira saß an ihrem Fenster und beobachtete die Dunkelheit. Ein Gefühl der Unruhe überkam sie, als sie an die alten Geschichten dachte, die ihre Großmutter ihr erzählt hatte. Geschichten von Vampiren und Werwölfen, von einem erbitterten Krieg zwischen den Kreaturen der Nacht. Es waren Geschichten, die sie für Märchen gehalten hatte, bis die seltsamen Ereignisse begannen.

Plötzlich hörte sie ein leises Klopfen an der Tür. Mira sprang auf, das Herz schlug ihr bis zum Hals. Wer könnte das in dieser Stunde sein? Vorsichtig öffnete sie die Tür und erblickte einen Jungen, der etwa in ihrem Alter war. Er hatte blasse Haut, dunkle Haare und durchdringende, fast hypnotisierende Augen. „Ich bin Elias", stellte er sich vor und blickte nervös über die Schulter. „Ich brauche deine Hilfe." Mira spürte sofort, dass etwas nicht stimmte. „Was ist passiert?" „Es gibt etwas, das ich dir zeigen muss", sagte Elias und trat einen Schritt näher. „Es geht um die Nacht und die Schatten, die in Eldermoor erwachen." Mira zögerte einen Moment, doch die Neugier überwältigte ihre Angst. Sie musste wissen, was los war. „Was meinst du damit?" Elias sah sie ernst an. „Es gibt eine Blutlinie der Vampire, die in dieser Gegend seit Jahrhunderten verborgen liegt. Ich habe Hinweise gefunden, die darauf hindeuten, dass sie zurückgekehrt sind." „Vampire? Das sind doch nur Geschichten", erwiderte Mira, doch in ihrem Inneren regte sich ein unbehagliches Gefühl. „Und doch sind sie real", entgegnete Elias. „Ich habe sie gesehen. Sie sind nicht weit von hier. Ich habe in den alten Büchern unseres Dorfes nachgeforscht, und ich glaube, dass sie auf der Suche nach etwas sind – etwas, das hier verborgen liegt." Mira sah Elias an und stellte sich die Frage, warum er ausgerechnet zu ihr gekommen war. Hatte er eine persönliche Verbindung zu diesen Vampiren? Sie wusste, dass es in Eldermoor viele Geheimnisse gab, die tief in der Vergangenheit verwurzelt waren. Ihre Großmutter hatte oft von einer alten Blutlinie gesprochen, die mit dem Dorf verbunden war. War Elias vielleicht ein Teil dieser Geschichte? „Was genau suchst du?", fragte Mira vorsichtig. „Ich kann es dir nicht sagen, ohne dass du mir vertraust", erwiderte Elias. „Aber ich brauche deine Hilfe, um die Wahrheit herauszufinden. Es könnte unsere einzige Chance sein, die Dorfbewohner zu retten." Mira überlegte. Ihr Verstand war voller Fragen. Was, wenn Elias recht hatte? Was, wenn die Geschichten tatsächlich wahr waren? Auf der anderen Seite war es gefährlich, sich in etwas zu stürzen, das sie nicht verstand. Doch die Vorstellung, dass Eldermoor in Gefahr war, ließ ihr Herz schneller schlagen. „Ich... ich weiß nicht", murmelte sie. „Was, wenn die Geschichten stimmen und wir in Gefahr geraten?" „Wenn wir nichts tun, sind wir bereits in Gefahr", sagte Elias eindringlich. „Ich habe einen Ort gefunden, an dem wir mehr herausfinden können. Komm mit mir, und du wirst sehen, dass ich die Wahrheit sage." Mira spürte, wie sich ein Schauer über ihren Rücken zog, aber die Entschlossenheit in Elias' Stimme war ansteckend. Schließlich nickte sie, auch wenn ihr Herz vor Angst raste. „Okay, ich komme mit." Elias lächelte schwach, doch die Ernsthaftigkeit der

Situation ließ sein Gesicht schnell wieder ernst erscheinen. „Wir müssen leise sein. Wenn die Vampire wirklich hier sind, müssen wir sie unbemerkt finden." Gemeinsam schlichen sie aus dem Haus und in die Dunkelheit der Nacht. Der Mond war hinter dichten Wolken verborgen, und das einzige Licht kam von fernen Sternen, die durch den schweren Nebel schimmerten. Mira fühlte sich lebendig, aber auch verängstigt. Sie trat in die unbekannte Dunkelheit, begleitet von einem Jungen, der ihr fremd war und doch etwas vertraut zu sein schien. Die beiden machten sich auf den Weg zu einem alten, verwitterten Baum, der als Treffpunkt für die geheimen Versammlungen der Dorfbewohner bekannt war. Es war ein Ort, an dem Geschichten erzählt und Geheimnisse gewahrt wurden. In dieser Nacht sollte es jedoch mehr sein als nur ein Ort des Flüsterns; es sollte der Beginn eines Abenteuers werden, das sie für immer verändern würde. Die Dunkelheit des Waldes umgab sie wie ein kaltes, dichtes Tuch. Während Mira und Elias sich durch das dichte Unterholz bewegten, spürte Mira, wie ihre Gedanken in verschiedene Richtungen drifteten. Sie dachte an die Geschichten ihrer Großmutter, die sie oft gewarnt hatte, sich von den alten Wäldern fernzuhalten. „Die Bäume sind Zeugen der Vergangenheit", hatte sie gesagt. „Sie verbergen viele Geheimnisse, die besser unentdeckt bleiben sollten." „Du bist still", bemerkte Elias und warf ihr einen kurzen Blick zu. „Denkst du an etwas Bestimmtes?" „An meine Großmutter", antwortete Mira. „Sie hat mir oft von den alten Legenden erzählt. Ich kann nicht anders, als mich zu fragen, ob sie recht hatte." Elias nickte. „Die Legenden sind oft mehr als nur Geschichten. Manchmal sind sie ein Fenster in die Wahrheit." Als sie tiefer in den Wald eindrangen, hörten sie plötzlich das Geräusch von Ästen, die unter schweren Pfoten knirschten. Mira hielt inne, und Elias legte beruhigend eine Hand auf ihren Arm. „Es sind nur die Wölfe", flüsterte er, doch die Unsicherheit in seiner Stimme ließ sie befürchten, dass es mehr als nur Wölfe sein könnten. „Was, wenn sie uns finden?", fragte Mira ängstlich. „Dann müssen wir schnell sein", erwiderte Elias. „Wir sind auf dem richtigen Weg." Schließlich erreichten sie die Lichtung mit dem alten Baum. Der Anblick war sowohl beeindruckend als auch beängstigend. Der Baum war größer, als Mira ihn sich vorgestellt hatte, seine Äste streckten sich wie knorrige Finger in die Nacht. Der Boden war mit seltsamen Runen bedeckt, die schwach im Licht des Mondes schimmerten. Mira kniete sich hin und berührte die Zeichen. „Was bedeuten diese Runen?" „Sie sind Teil der alten Magie, die mit der Blutlinie der Vampire verbunden ist", erklärte Elias. „Sie erzählen von einem Pakt zwischen den Vampiren und den Menschen, der vor vielen Jahren geschlossen wurde. Ein Pakt, der gebrochen wurde." In diesem Moment hörten sie ein knisterndes Geräusch hinter sich. Mira drehte sich um und sah eine in den Schatten gehüllte Gestalt. Es war die Vampirin, die sie zuvor gesehen hatten, nun jedoch von einem Schatten umgeben, der sie fast wie ein Teil der Dunkelheit erscheinen ließ. „Was macht ihr hier?", fragte sie mit einer Stimme, die wie Honig klang, aber voller Bedrohung war. Elias trat mutig vor. „Wir suchen nach der Wahrheit. Die Geschichten über die Blutlinie…" „Die Geschichten sind nicht das, was sie scheinen", unterbrach die Vampirin ihn und kam näher. „Die Vergangenheit ist kompliziert. Ihr wisst nicht, was ihr anruft." „Wir wissen, dass die Dorfbewohner in Gefahr sind", rief Mira, die sich nicht zurückhalten konnte. „Was habt ihr vor?" Die Vampirin lächelte, und in ihren Augen blitzte ein unheimliches Licht auf. „Was wir vorhaben, hat nichts mit euch zu tun. Doch eure Neugier könnte euch teuer zu stehen kommen." In diesem Moment ertönte ein tiefes, drohendes Knurren aus den Schatten. Ein großer Werwolf trat hervor, seine Augen leuchteten im Dunkeln. Mira erstarrte vor Schreck. Der Werwolf war größer als alles, was sie sich je vorgestellt hatte, seine Muskeln waren angespannt und bereit zum Sprung. „Du solltest mit deinen Fragen vorsichtig sein, Menschenkind", knurrte der Werwolf. „Die Vampire sind nicht die einzigen, die hier leben."

Elias und Mira sahen sich an, und in diesem Moment wurde ihnen klar, dass sie nicht nur mit den Vampiren, sondern auch mit den Werwölfen in einen Konflikt verwickelt waren, der viel tiefer ging, als sie es sich je vorgestellt hatten. „Wir sind nicht hier, um zu kämpfen", sagte Elias schnell. „Wir wollen nur verstehen. Was ist hier wirklich los?" Die Vampirin sah ihn an, und für einen kurzen Moment schien sie nachzudenken. „Die Blutlinie ist nicht nur eine Geschichte. Sie ist eine Kraft, die die Grenzen zwischen unseren Welten verwischt. Die Menschen haben den Pakt gebrochen, und nun sind wir alle in Gefahr." Mira konnte die Anspannung zwischen den beiden Kreaturen spüren. „Was können wir tun?", fragte sie, ihre Stimme war fest, obwohl sie innerlich zitterte. „Ihr könnt uns helfen, den Pakt wiederherzustellen", erklärte die Vampirin. „Aber dazu müsst ihr bereit sein, die Wahrheit über eure Vorfahren zu akzeptieren. Ihr seid Teil dieser Geschichte, und die Dunkelheit wird nicht ruhen, bis das Gleichgewicht wiederhergestellt ist." Der Werwolf knurrte erneut, und Mira spürte, dass die Zeit drängte. „Was müssen wir tun?" „Folgt uns", sagte die Vampirin und wandte sich den Schatten zu, die sie umgaben. „Wir müssen die Wurzel des Übels finden, bevor es zu spät ist." Mira und Elias tauschten einen besorgten Blick aus, aber die Entschlossenheit in ihren Herzen war stärker als ihre

Angst. Sie waren bereit, sich dem Unbekannten zu stellen, um ihre Heimat zu retten. Mira und Elias folgten der Vampirin und dem Werwolf, die sie in die tiefere Dunkelheit des Waldes führten. Der Boden unter ihren Füßen wurde uneben, und der Nebel schien sich um sie zu wickeln, als würde die Nacht selbst sie verschlingen wollen. Mira konnte das Heulen der Wölfe immer näher hören, und ein Gefühl der Beklemmung machte sich in ihrer Brust breit. „Wo führt ihr uns hin?", fragte sie, während sie versuchte, den schimmernden Augen der Vampirin und dem drohenden Schatten des Werwolfs zu folgen. „Zur Quelle der Dunkelheit", antwortete die Vampirin mit einer Stimme, die sowohl verführerisch als auch furchterregend klang. „Dort wird die Wahrheit ans Licht kommen." Plötzlich hörten sie ein lautes Knacken, gefolgt von einem tiefen Knurren, das durch den Wald hallte. Mira erstarrte, als ein weiterer Werwolf aus den Bäumen sprang, größer und wilder als der erste. Seine Augen glühten wie glühende Kohlen, und sein Maul war blutverschmiert. „Das ist der Wächter des Paktbruchs", rief die Vampirin. „Er wird niemanden durchlassen, der nicht bereit ist, sich dem Schatten zu stellen!" Der neue Werwolf knurrte bedrohlich und stellte sich zwischen die Gruppe und den Weg, den sie gegangen waren. „Ihr könnt nicht weiter!", fletschte er. „Die Zeiten des Friedens sind vorbei, und die Blutlinie wird für ihre Taten bezahlen!" Elias spürte, wie die Furcht in ihm aufstieg, aber er versuchte, sich zu sammeln. „Wir sind hier, um zu helfen! Wir wissen, dass die Dunkelheit droht!" „Helfen?", knurrte der Wächter der Werwölfe und trat näher. „Ihr wisst nicht, was ihr anruft. Ihr wisst nicht, was es bedeutet, sich zu entscheiden!" In diesem Moment begann der Boden zu vibrieren, und ein grollendes Geräusch ertönte aus der Tiefe des Waldes. Mira sah sich panisch um und bemerkte, wie sich die Schatten um sie herum verdichteten, als ob die Nacht selbst lebendig wurde. „Wir müssen jetzt entscheiden!", rief die Vampirin, während der Werwolf sich bedrohlich näherte. „Wählt eure Seite, bevor es zu spät ist!" Doch bevor Mira und Elias auch nur reagieren konnten, brach die Dunkelheit über ihnen herein, und ein ohrenbetäubender Schrei durchbrach die Nacht. Die Schatten, die sie umgaben, schienen sich zu bewegen, als ob sie eine eigene Agenda verfolgten. Und dann fiel alles in ein tiefes, unheilvolles Schweigen. Mira hielt den Atem an, während sie in die Dunkelheit starrte. Was war das, das auf sie zukam? Hatten sie die Grenze zwischen den Welten überschritten? Der letzte Gedanke, der ihr durch den Kopf schoss, war: Hatten sie wirklich die Wahl, oder waren sie bereits Teil eines Spiels, das sie nicht verstehen konnten?

**Kapitel 2: Ein unerwarteter Besucher!**

Mira konnte kaum glauben, was sie gerade erlebt hatte. Der Wächter der Dunkelheit, eine Kreatur, die aus den schlimmsten Albträumen entsprungen zu sein schien, stand vor ihr und forderte sie heraus. Die Dunkelheit um sie herum schien sich zu verdichten, und der Geruch von feuchtem Erde und verwesendem Holz erfüllte die Luft. „Wir müssen hier weg!", rief Elias und zog Mira an der Hand, aber die Vampirin stellte sich vor sie, ihre Augen leuchteten vor Entschlossenheit. „Warte!", rief sie. „Wenn wir jetzt fliehen, sind wir verloren. Wir müssen herausfinden, was er will!" Der Wächter der Dunkelheit knurrte, und Mira spürte, wie die Angst in ihr aufstieg. „Du bist mutig, kleines Mädchen", sagte die Kreatur mit einer Stimme, die wie der Wind durch die Bäume pfiff. „Aber Mut allein wird dich nicht vor dem Unvermeidlichen retten." „Was meinst du mit dem Unvermeidlichen?", fragte Mira mit zittriger Stimme. „Was willst du von uns?" „Ich will nur, dass ihr eure Wahl trefft", antwortete der Wächter und beugte sich näher. „Eure Welt steht am Rande des Abgrunds, und ihr könnt entweder die Dunkelheit umarmen oder sie bekämpfen. Aber wisset, dass die Entscheidung, die ihr trefft, schwerwiegende Folgen haben wird." Elias zog Mira zurück und flüsterte: „Was sollen wir tun? Ich kann nicht einfach zusehen, wie du in Gefahr gerätst." „Ich weiß nicht", antwortete Mira, während sie gleichzeitig den Wächter und die Vampirin im Auge behielt. „Aber wir müssen mehr über diesen Pakt erfahren, von dem er spricht." Die Vampirin nickte und trat einen Schritt vor. „Der Pakt war einst eine Vereinbarung zwischen den Vampiren und den Werwölfen, um den Frieden zu wahren. Doch die Menschen haben die Grenzen überschritten. Wir sind hier, um die Harmonie wiederherzustellen." „Aber wie können wir das tun, wenn die Dunkelheit so stark ist?", fragte Mira. „Wie können wir gegen den Wächter der Dunkelheit kämpfen?" Der Wächter lachte schallend. „Ihr denkt, ihr könnt mich besiegen? Ihr seid nichts als Kinder, die mit Kräften spielen, die sie nicht verstehen!" Doch in diesem Moment bemerkte Mira etwas Seltsames. Aus dem Schatten trat eine weitere Gestalt hervor, und sie war nicht allein. Ein Licht blitzte auf, als ein Mann mit langen, silbernen Haaren und strahlenden, blauen Augen in die Lichtung trat. Er trug einen langen, dunklen Mantel, der im Wind flatterte, und seine Präsenz war sowohl beruhigend als auch erschreckend. „Genug!", rief der Mann mit einer Stimme, die durch die Dunkelheit schnitt. „Ich bin hier, um die Wahrheit zu bringen!" Mira starrte ungläubig. Wer war dieser mysteriöse Besucher? Und warum hatte sie das Gefühl, dass er eine entscheidende Rolle in diesem Spiel der Dunkelheit spielen würde? Der Mann trat näher, und Mira konnte ihn jetzt besser sehen. Sein Gesicht war von einer geheimnisvollen Aura umgeben, und seine Augen strahlten eine alte Weisheit aus. „Mein Name ist Kaelan", sagte er und sah sowohl den Wächter als auch die Vampirin herausfordernd an. „Ich bin hier, um den Frieden wiederherzustellen, bevor es zu spät ist." Der Wächter der Dunkelheit knurrte, und die Luft um sie herum schien sich aufzuladen. „Und was kannst du tun, um das Unvermeidliche abzuwenden?" Kaelan lächelte, aber es war kein fröhliches Lächeln. „Ich kenne die Geheimnisse der Blutlinie der Vampire. Ich weiß um die Macht, die in den alten Runen verborgen liegt. Wenn wir zusammenarbeiten, können wir die Dunkelheit zurückdrängen und das Gleichgewicht wiederherstellen." Elias und Mira sahen sich an. Hatten sie wirklich einen Verbündeten gefunden? War Kaelan der Schlüssel, um die Dunkelheit zu besiegen? Doch bevor sie etwas sagen konnten, erhob sich der Wächter erneut. „Die Dunkelheit wird nicht so einfach weichen. Sie ist ein Teil von uns allen, und sie wird alles tun, um zu überleben!" Mira fühlte ein Knistern in der Luft, als die Anspannung zwischen den Anwesenden wuchs. Die Vampirin trat vor und sagte: „Kaelan, deine Worte sind stark, aber der Wächter ist nicht der einzige

Feind. Die Dunkelheit hat viele Gesichter, und sie wird nicht zögern, uns zu vernichten." „Ich weiß das", antwortete Kaelan mit fester Stimme. „Doch wenn wir uns nicht vereinen, sind wir verloren. Der Pakt muss erneuert werden, und ich kann euch helfen, die richtigen Schritte zu finden." Die Vampirin und Elias schienen von Kaelans Worten ermutigt zu sein, aber der Wächter der Dunkelheit blieb misstrauisch. „Ihr glaubt, dass ihr die Dunkelheit besiegen könnt? Ihr seid nichts ohne euren Glauben!" Elias trat vor und sagte: „Wir sind nicht nur hier, um zu glauben. Wir sind hier, um zu handeln. Wir werden nicht zulassen, dass die Dunkelheit unsere Welt verschlingt!" Kaelan nickte. „Gut. Wir müssen die Runen finden, die den Pakt begründen. Sie sind in den alten Schriften verborgen, die in der Nähe des Baumes des Wissens bewahrt werden. Nur dort können wir die Wahrheit über die Blutlinie der Vampire und die Verbindung zu den Werwölfen erfahren." „Aber der Weg dorthin ist gefährlich", sagte die Vampirin. „Die Dunkelheit wird alles tun, um uns daran zu hindern, die Schriften zu erreichen." „Wir haben keine Wahl", sagte Mira entschlossen. „Wir müssen es versuchen. Nur so können wir die Dorfbewohner und unsere Welt retten." Kaelan lächelte. „Dann lasst uns keine Zeit verlieren. Wir müssen uns auf den Weg machen, bevor die Dunkelheit überhandnimmt." Als die Gruppe sich in

Bewegung setzte, spürten sie, wie die Dunkelheit sich um sie herum zusammenbraute. Der Wind wurde stärker, und die Bäume schienen sich unter dem Druck der bevorstehenden Bedrohung zu biegen. Plötzlich hörten sie ein tiefes Knurren, und aus den Schatten traten mehrere Gestalten hervor – schwarze Werwölfe mit glühenden Augen, die sie mit drohendem Blick verfolgten. „Die Dunkelheit hat ihre Wächter gesandt", rief die Vampirin. „Wir müssen schnell sein!" Mira spürte, wie ihr Herz raste, während sie mit Elias und Kaelan rannten. Die Werwölfe waren schnell, und das Knurren hinter ihnen wurde lauter. „Wir müssen die Runen finden, bevor sie uns erreichen!", rief Kaelan. Die Gruppe erreichte die Lichtung, wo der Baum des Wissens stand. Die Runen pulsieren im Licht des Mondes und schienen die Dunkelheit zurückzuhalten. Doch die Werwölfe waren nicht weit entfernt. „Hier!", rief Kaelan und deutete auf einen alten Stein, der mit Symbolen bedeckt war. „Das ist der Schlüssel!" Gerade als sie sich dem Stein näherten, griffen die Werwölfe an. Mira sah, wie einer von ihnen auf Elias zustürmte, und in einem Moment der Panik griff sie nach einem Ast, der am Boden lag. Mit aller Kraft schlug sie zu, und der Werwolf wankte zurück. „Mira! Pass auf!", rief Elias, während er sich gegen einen anderen Werwolf verteidigte. Kaelan beschwor magische Energie um sich herum, und ein strahlendes

Licht blitzte auf, das die Werwölfe zurückschreckte. „Wir müssen zusammenarbeiten!" Inmitten des Kampfes spürte Mira, wie die Macht der Runen sie durchströmte. Sie wusste, dass sie etwas Einzigartiges in sich trug, etwas, das sie mit der Blutlinie verband. „Elias!", rief sie. „Wir müssen die Runen aktivieren!" Elias nickte und kämpfte sich zu ihr durch. „Wie?" „Ich weiß es nicht genau, aber ich fühle, dass ich es kann. Hilf mir!" Gemeinsam legten sie ihre Hände auf den Stein und spürten, wie die Runen zu pulsieren begannen. Ein Lichtstrahl schoss auf, und die Dunkelheit um sie herum begann zu weichen. „Ja!", rief Kaelan. „Das ist es!" Die Werwölfe heulten vor Schmerz, als das Licht sie erfasste. Doch der Wächter der Dunkelheit trat vor und knurrte bedrohlich. „Ihr glaubt, ihr könnt mich besiegen?" Gerade als es schien, als ob das Licht die Dunkelheit vertreiben könnte, brach ein gewaltiger Schatten über sie herein. Der Wächter der Dunkelheit hob seine Hand, und die Dunkelheit nahm Form an, wuchs und schlang sich um Mira und Elias. „Ihr habt eure Wahl getroffen", grollte der Wächter. „Aber ihr werdet dafür bezahlen." Das Licht flackerte, und Mira fühlte, wie die Kraft in ihr schwächer wurde. „Elias!", rief sie verzweifelt. „Was tun wir jetzt?" „Kämpfen!", rief Elias und griff nach ihrer Hand. „Wir dürfen nicht aufgeben!" Doch die Dunkelheit schloss sich um sie, und ein Gefühl der

Ohnmacht überkam sie. Die Welt um sie herum verschwand in einer schattenhaften Umarmung, und der letzte Gedanke, der ihr durch den Kopf schoss, war: Hatten sie wirklich die Wahl?

**Kapitel 3: Die Legende der Blutlinie!**

Mira fühlte sich, als würde sie in einem Albtraum gefangen sein. Die Dunkelheit umschloss sie wie ein kaltes, erstickendes Tuch, und die Schreie der Werwölfe hallten in ihren Ohren. Sie spürte Elias' Hand fest in ihrer, und das Licht, das sie zuvor entfesselt hatten, schien zu schwinden. „Wir müssen weiterkämpfen!", rief Elias, seine Stimme war fest, aber Mira konnte die Furcht darin hören. „Ich... ich kann es nicht mehr halten!", antwortete Mira verzweifelt. „Die Dunkelheit ist zu stark!" Kaelan stand neben ihnen und sprach mit einer ruhigen, aber dringlichen Stimme: „Konzentriert euch! Die Runen sind noch aktiv. Wenn wir uns verbinden, können wir die Dunkelheit vertreiben!" In diesem Moment spürte Mira, wie die Kraft der Runen in ihr pulsierte. Es war, als ob sie die Stimmen ihrer Vorfahren hören könnte, die sie ermutigten, nicht aufzugeben. „Elias, wir müssen an die Legende der Blutlinie glauben!", rief sie. Die

Dunkelheit um sie herum begann sich zu verändern. Sie fühlte, wie die Energie in ihr wuchs, und sie wusste, dass es an der Zeit war, sich der Wahrheit über die Blutlinie zu stellen. „Die Legende besagt, dass die Blutlinie der Vampire und der Werwölfe einst vereint war", erklärte Kaelan, während er die Runen mit seinen Händen berührte. „Sie war ein Symbol des Friedens und der Harmonie. Doch als die Menschen die Grenzen überschritten, wurde die Dunkelheit entfesselt. Die Blutlinie ist der Schlüssel, um das Gleichgewicht wiederherzustellen." Mira nickte. „Wir müssen die Legende verstehen, um das Böse zu besiegen." Kaelan sah sie an, und in seinen Augen blitzte eine alte Weisheit auf. „Die Legende erzählt von einem Artefakt, dem Herz des Mondes. Es wird gesagt, dass es die Kraft hat, die Dunkelheit zu vertreiben und die Blutlinie zu erneuern. Doch nur die Auserwählten können es finden." Elias schaute Mira an, und in diesem Augenblick wusste er, dass sie auf dem richtigen Weg waren. „Wir sind die Auserwählten", sagte er fest. „Wir müssen das Herz des Mondes finden." Plötzlich erhellte ein grelles Licht die Dunkelheit um sie herum, und der Wächter der Dunkelheit brüllte vor Wut. „Ihr glaubt, dass ihr mit eurer Legende etwas erreichen könnt? Ihr seid nichts ohne die Dunkelheit!" Mira fühlte, wie sich die Kraft in ihr bündelte. „Wir sind nicht allein! Wir haben die

Legende auf unserer Seite!" Kaelan nickte. „Konzentriert euch! Lasst das Licht der Runen in euch strömen!" Die Dunkelheit begann zu wanken, und das Licht blitzte auf, als die Runen in einem strahlenden Glanz erstrahlten. Der Wächter der Dunkelheit wurde zurückgedrängt, und die Schatten um sie herum begannen sich aufzulösen. „Jetzt!", rief Kaelan. „Lasst uns die Legende der Blutlinie entfesseln!" Die Dunkelheit wich langsam zurück, und ein Bild erschien vor ihren Augen. Es war eine alte Geschichte, die in den Runen verborgen lag, die sie berührt hatten. „Die Legende der Blutlinie erzählt von einem uralten Pakt", begann Kaelan, während das Bild klarer wurde. „Vor vielen Jahrhunderten lebten die Vampire und Werwölfe in Frieden. Der Pakt wurde geschmiedet, um die Balance zwischen den zwei Rassen zu wahren. Doch es gab eine Prophezeiung: Das Herz des Mondes würde eines Tages die Auserwählten rufen, um die Dunkelheit zu bekämpfen, die ihre Welt bedrohte." Mira und Elias beobachteten gebannt, wie das Bild von Kämpfen zwischen den Kreaturen der Nacht und den Menschen erschien. Es war ein erbitterter Krieg, der dazu führte, dass die Blutlinie gebrochen wurde und die Dunkelheit entglitt. „Die Menschen, besessen von Macht, überschritten die Grenzen des Paktes", fuhr Kaelan fort. „Sie entblößten die Geheimnisse der Blutlinie und brachten Chaos in die Welt. Es war der

Beginn der Dunkelheit." Mira konnte die Traurigkeit in Kaelans Stimme spüren, als er über das Leid sprach, das durch den Bruch des Paktes verursacht wurde. „Aber es gibt Hoffnung", sagte sie. „Wir können die Legende wiederherstellen. Wir müssen das Herz des Mondes finden." „Genau", bestätigte Kaelan. „Das Herz wird uns die Kraft geben, die Dunkelheit zu vertreiben. Aber wir müssen es zuerst finden. Es liegt versteckt in den tiefen Wäldern, bewacht von den uralten Geistern der Nacht." Elias trat näher. „Wie finden wir es?" „Die Runen weisen uns den Weg", erklärte Kaelan. „Wir müssen die Geheimnisse der alten Schriften entschlüsseln und den Mut aufbringen, uns der Dunkelheit zu stellen." Mira spürte ein Kribbeln in ihrem Bauch. Sie wusste, dass sie eine Verbindung zu dieser Legende hatte, eine Verbindung, die tiefer ging als nur die Geschichten, die ihre Großmutter ihr erzählt hatte. „Wir müssen das Herz des Mondes finden, um den Frieden wiederherzustellen", sagte sie entschlossen. Die Dunkelheit begann langsam zu weichen, aber der Wächter der Dunkelheit war noch nicht besiegt. Er knurrte und versuchte sich zu regenerieren. „Ihr denkt, ihr könnt mich besiegen? Ich werde alles tun, um die Dunkelheit zu schützen!" „Wir müssen jetzt handeln!", rief Mira und schaute zu Kaelan. „Sind wir bereit?" „Ja", antwortete Kaelan. „Wir müssen zum Herz des Mondes. Der Weg wird gefährlich sein, aber wir können es gemeinsam schaffen." Die Gruppe machte sich auf den Weg in die tiefen Wälder, während die Dunkelheit hinter ihnen schwand. Die Schatten schienen ihnen zu folgen, und das Gefühl der Bedrohung war immer noch spürbar. Doch Mira fühlte sich stärker, als sie je zuvor gewesen war. Jeder Schritt, den sie machten, schien sie näher an ihr Ziel zu bringen. Nach einer Weile erreichten sie eine Lichtung, die von einem großen, alten Baum dominiert wurde. „Das ist der Baum des Wissens", erklärte Kaelan. „Hier müssen wir die Hinweise finden, um das Herz des Mondes zu entdecken." Mira sah sich um und bemerkte die alten Inschriften, die in den Baum geschnitzt waren. „Was steht hier?" „Die Inschriften erzählen von der Verbindung zwischen den Blutlinien und dem Herz des Mondes", erklärte Kaelan. „Wir müssen sie entschlüsseln, um die nächsten Schritte zu verstehen." Sie begannen, die Inschriften zu untersuchen, und die Worte schienen ihnen zuzuflüstern. „Das Herz des Mondes ist nur für die Auserwählten sichtbar", las Kaelan vor. „Es wird im Licht des Vollmonds erstrahlen und denjenigen den Weg weisen, die reinen Herzens sind." „Das sind wir!", rief Elias. „Wir müssen nur warten, bis der Mond aufgeht." Mira konnte das Licht des Mondes schon am Horizont blitzen sehen. Sie fühlte einen Schauer der Vorahnung, aber auch eine flammende

Entschlossenheit. „Wir sind bereit", sagte sie leise. Doch die Dunkelheit war noch nicht besiegt. Plötzlich hörten sie das Heulen der Werwölfe, und die Schatten um sie herum begannen sich zu bewegen. Der Wächter der Dunkelheit war ihnen gefolgt. „Ihr könnt nicht entkommen!", rief er und stürzte sich auf sie. Mira und Elias zogen sich zusammen, während Kaelan sich schützend vor sie stellte. „Wir müssen die Runen aktivieren!", rief er. „Das Licht wird uns helfen!" Die Runen begannen zu leuchten, und die Dunkelheit um sie herum schien für einen Moment zu zögern. Mira spürte, wie die Kraft in ihr wuchs. „Wir sind die Auserwählten!", rief sie und konzentrierte sich auf das Licht. „Wir werden die Dunkelheit besiegen!" Die Schatten schienen sich zurückzuziehen, als das Licht intensiver wurde. Der Wächter der Dunkelheit knurrte vor Wut und griff erneut an. „Ihr glaubt, ihr könnt mich besiegen? Ich bin die Dunkelheit selbst!" Doch Mira und Elias standen zusammen, ihre Hände fest verbunden. „Gemeinsam sind wir stärker!", rief Elias und ließ das Licht durch ihre Körper strömen. Das Licht explodierte in einem strahlenden Glanz, und die Dunkelheit wurde zurückgedrängt. Der Wächter der Dunkelheit schrie, als das Licht ihn erfasste. „Das ist unmöglich!" Mira spürte, wie die Kraft in ihr zu einem Höhepunkt kam. „Wir sind nicht allein!", rief sie. „Die Legende der Blutlinie wird sich erfüllen!" In diesem

Moment erschien das Herz des Mondes, ein strahlendes Artefakt, das aus purem Licht bestand und über der Lichtung schwebte. Es pulsierte im Einklang mit dem Licht, das sie entfesselt hatten. Der Wächter der Dunkelheit wurde von dem Licht erfasst und begann zu schwanken. „Das kann nicht sein!", schrie er. „Ich werde zurückkommen!" Mira wusste, dass sie die Dunkelheit besiegen konnten, aber sie musste eine Entscheidung treffen. „Lass uns die Dunkelheit endgültig vertreiben!" „Ja!", rief Elias. „Wir müssen es tun!" Kaelan nickte. „Wir müssen die Kraft des Herzens nutzen. Es wird uns helfen, die Dunkelheit zu besiegen und den Pakt zu erneuern." Mira und Elias traten vor und legten ihre Hände auf das Herz des Mondes. Die Energie durchströmte sie, und sie spürten die Verbindung zu ihren Vorfahren. „Für die Blutlinie!", rief Mira und konzentrierte sich auf das Licht. „Für den Frieden!" Das Herz des Mondes pulsierte, und ein strahlender Lichtstrahl traf den Wächter der Dunkelheit. Er schrie, als die Dunkelheit um ihn herum zerfiel. „Ihr werdet dafür bezahlen!" Gerade als der Wächter der Dunkelheit in einem letzten Aufblitzen verschwand, spürte Mira einen scharfen Schmerz in ihrer Brust. „Was ist das?", rief sie und fiel auf die Knie. „Mira!", rief Elias und kniete sich zu ihr. „Was ist passiert?" „Ich weiß es nicht", flüsterte sie und sah auf das Herz des Mondes, das nun über ihnen schwebte.

„Ich fühle mich... schwach." Kaelan trat näher. „Die Dunkelheit hat ihren Preis. Sie wird immer versuchen, zurückzukehren. Aber wir müssen stark bleiben, um den Frieden zu wahren." Mira blickte in den Himmel, wo der Mond jetzt hell leuchtete. „Wir müssen weiterkämpfen", sagte sie schwach. „Für die Blutlinie." Doch in diesem Moment erfüllte ein tiefes Grollen die Luft, und die Dunkelheit begann sich zu sammeln. „Ich werde zurückkommen!", hallte die Stimme des Wächters der Dunkelheit durch die Nacht, während die Schatten sich um die Lichtung schlossen. Mira spürte, wie die Furcht in ihr aufstieg. War dies wirklich das Ende der Dunkelheit, oder war es nur der Anfang eines noch größeren Kampfes?

**Kapitel 4: Ein Schatten in der Nacht!**

Die Nacht war still geworden, aber die Stille war trügerisch. Während Mira auf dem Boden kniete, umgeben von dem pulsierenden Licht des Herzens des Mondes, spürte sie die beklemmende Präsenz der Dunkelheit, die sich wieder formierte. Der Wächter der Dunkelheit hatte sich zurückgezogen, aber seine Drohung hallte noch in ihren Ohren. „Ich werde zurückkommen!" „Mira!", rief Elias, während er sich über sie beugte, seine Augen voller Besorgnis. „Kannst du aufstehen? Was ist passiert?" Sie nickte zögerlich und versuchte, sich aufzurichten. „Ich... es ist, als ob die Dunkelheit einen Teil von mir mitgenommen hat", murmelte sie und fühlte, wie die Kraft in ihr schwand. „Wir müssen uns beeilen." Kaelan trat näher, sein Ausdruck war ernst. „Die Dunkelheit ist noch nicht besiegt. Wir haben nur einen kurzen Moment der Ruhe. Wir müssen das Herz des Mondes aktivieren und den Pakt erneuern, bevor der Wächter zurückkommt." Mira sah auf das Herz des Mondes, das über ihnen schwebte. Es war ein strahlendes Artefakt, das die Dunkelheit abwehren konnte, aber es schien auch eine Verbindung zu ihren eigenen Kräften zu haben. „Wie aktivieren wir es?", fragte sie. „Wir müssen die Runen um den Baum des Wissens aktivieren", erklärte Kaelan. „Sie sind der Schlüssel, um das Herz des Mondes in seiner vollen Kraft zu nutzen. Doch wir müssen die Dunkelheit abwehren, während wir dies tun." Elias nickte. „Wir sind bereit. Zusammen können wir alles schaffen." Mira spürte, wie das Licht des Herzens durch sie hindurchschoss, und ein Funke des Mutes entflammte in ihr. „Lasst uns gehen!" Sie machten sich auf den Weg in die tiefere Dunkelheit des Waldes, die Schatten schienen sich um sie zu wickeln, als ob sie von der Dunkelheit selbst verfolgt wurden. Die Bäume standen wie Wachen, ihre knorrigen Äste schienen zu flüstern, und die Nacht war von einem unheimlichen Gefühl erfüllt. „Bleibt nah beieinander", murmelte Kaelan und hielt die Hand schützend vor sich. „Die Dunkelheit wird versuchen, uns zu trennen." Mira fühlte, wie die Angst in ihr aufstieg, aber sie wusste, dass sie stark bleiben musste. „Wir dürfen nicht zulassen, dass die Dunkelheit uns überwältigt", sagte sie und nahm Elias' Hand. „Wir sind die Auserwählten, und wir müssen kämpfen." Plötzlich hörten sie ein Knacken im Unterholz. Mira drehte sich erschrocken um und sah eine dunkle Gestalt, die sich zwischen den Bäumen bewegte. „Was war das?", flüsterte sie, als ihr Herz schneller schlug. „Bleibt ruhig", rief Kaelan und zog seine Hand zu einem Lichtstrahl zusammen. „Es könnte eine der Kreaturen der Nacht sein." Die Gestalt trat in das schwache Licht, und Mira atmete erleichtert auf, als sie einen alten Mann erblickte. Er hatte langes, wirres Haar und einen zotteligen Bart, und seine Augen waren von einem tiefen, durchdringenden Blau. „Es ist nicht sicher hier", sagte er mit einer Stimme, die wie das Rauschen des Windes klang. „Die Dunkelheit hat sich versammelt, und sie wird alles tun, um euch aufzuhalten." „Wer bist du?", fragte Elias misstrauisch, während er sich schützend vor Mira stellte. „Ich bin Eldrin, ein Wächter der Wälder", antwortete der alte Mann. „Ich habe eure Ankunft erwartet. Ihr sucht das Herz des Mondes, nicht wahr?" Mira und Elias sahen sich an. „Ja", sagte Mira. „Wir müssen es aktivieren, um die Dunkelheit zu vertreiben." „Dann müsst ihr wissen, dass die Dunkelheit nicht einfach weichen wird", warnte Eldrin. „Der Wächter wird versuchen, euch zu stoppen. Ihr müsst auf der Hut sein." Die Gruppe setzte ihren Weg fort, während Eldrin ihnen folgte. Die Dunkelheit schien sich um sie zu verdichten, und das Heulen der Werwölfe wurde lauter. Mira konnte die Anspannung in der Luft spüren. Sie mussten schnell handeln. „Hier ist es", sagte Eldrin, als sie eine kleine Lichtung erreichten, die von einem alten Steinportal umgeben war. „Das ist der Eingang zu den Runen. Ihr müsst eure Kräfte vereinen, um das Portal zu aktivieren." Kaelan trat vor und legte seine Hände auf den Stein. „Wir müssen die Runen aktivieren, bevor die Dunkelheit uns erreicht." Mira und Elias schlossen sich ihm an, und gemeinsam konzentrierten sie sich auf das Licht des Herzens des Mondes. Die Runen begannen zu leuchten, und ein sanftes, pulsierendes Licht breitete sich aus. Doch plötzlich ertönte ein tiefes Grollen, und der Wächter der Dunkelheit trat aus den Schatten. „Ihr glaubt, ihr könnt mich besiegen? Ich werde alles tun, um euch zu stoppen!" „Wir werden nicht aufgeben!", rief Mira und spürte, wie die Kraft in ihr wuchs. „Wir sind die Auserwählten!" „Ihr seid nichts ohne die Dunkelheit!", fletschte der Wächter und stürzte sich auf sie. Mira empfand einen Adrenalinschub, als der Wächter auf sie zustürmte. „Elias, Kaelan, haltet euch bereit!", rief sie und schloss ihre Augen, um sich auf das Licht zu konzentrieren. Das Herz des Mondes pulsierte in ihrem Inneren, und sie spürte die Kraft, die durch sie hindurchströmte. Sie öffnete die Augen und sah, wie der Wächter näher kam. In einem Moment der Entschlossenheit hob sie die Hände. „Licht der Auserwählten, komme zu mir!", rief sie, und ein strahlender Lichtstrahl schoss aus ihren Händen. Der Wächter wurde von dem Licht getroffen und taumelte zurück. „Das kann nicht sein!", schrie er und versuchte, sich zu regenerieren. „Jetzt, Kaelan!", rief Elias. „Aktiviere die Runen!" Kaelan konzentrierte sich und sprach die Worte der Magie aus, die in den Runen verborgen waren. „Energie der Nacht, vereint euch mit uns!" Die Runen begannen zu leuchten, und das Licht um sie herum wurde intensiver. Mira spürte, wie die Dunkelheit um sie herum zurückwich, als ob sie von einer unsichtbaren Kraft angezogen wurde. „Wir müssen es zusammen tun!", rief Mira. „Elias, nimm meine Hand!" Elias ergriff ihre Hand, und gemeinsam konzentrierten sie sich auf das Licht. „Für die Blutlinie!", riefen sie im Einklang. Das Licht pulsierte und explodierte in einem strahlenden Glanz. Der Wächter der Dunkelheit schrie vor Schmerz, als das Licht ihn durchdrang. „Ihr könnt mich nicht aufhalten!"

Doch der Lichtstrahl traf ihn mit voller Kraft, und die Dunkelheit begann, sich aufzulösen. „Das ist nicht das Ende! Ich werde zurückkehren!", schrie er, bevor er in einem letzten Aufblitzen verschwand. Die Dunkelheit schien sich zurückzuziehen, und die Lichtung war von einem sanften Licht erfüllt. Mira kniete sich erschöpft auf den Boden und atmete tief durch. „Haben wir es geschafft?" Eldrin trat näher. „Ihr habt die Dunkelheit vorerst besiegt, aber ihr müsst euch vorbereiten. Der Wächter wird nicht aufgeben. Er wird einen Weg finden, zurückzukehren." Kaelan nickte. „Wir müssen die Runen aktivieren und das Herz des Mondes in seiner vollen Kraft nutzen." Mira fühlte, wie ihre Kräfte schwanden. „Aber wie? Ich fühle mich so schwach." „Das Herz des Mondes wird euch leiten", sagte Eldrin. „Es muss aktiviert werden, und nur die Auserwählten können dies tun. Ihr müsst die Geheimnisse der Blutlinie entschlüsseln und die Energie des Herzens nutzen, um die Dunkelheit endgültig zu vertreiben." Elias sah Mira an, und in seinen Augen spiegelte sich Entschlossenheit. „Wir sind in der Lage, das Herz des Mondes zu aktivieren. Wir müssen an uns glauben." Mira nickte und schloss die Augen. Sie konzentrierte sich auf das Licht des Herzens und spürte, wie es in ihr pulsierte. „Lasst uns die Runen aktivieren!" Die Gruppe stellte sich zusammen und legte ihre Hände auf den alten Stein. Die Runen leuchteten auf, und ein sanfter Wind wehte durch die Lichtung. Mira fühlte sich, als würden die Stimmen ihrer Vorfahren sie leiten. „Für die Blutlinie!", rief sie und öffnete die Augen. „Für den Frieden!" Doch während sie sich auf das Licht konzentrierten, spürten sie eine plötzliche Veränderung in der Luft. Ein kalter Wind wehte über die Lichtung, und die Dunkelheit begann, sich erneut zu sammeln. Mira sah sich um und bemerkte eine neue Bedrohung, die sich in den Schatten zusammenbraute. „Was ist das?", fragte Elias nervös. „Es ist die Dunkelheit, die sich wieder formiert", sagte Eldrin mit besorgter Miene. „Wir müssen uns beeilen." Plötzlich materialisierte sich ein weiterer Schatten aus der Dunkelheit. Es war eine Gestalt, die größer und bedrohlicher war als der Wächter. Ihre Augen glühten rot, und ein kaltes Lächeln breitete sich auf ihrem Gesicht aus. „Ihr dachtet, ihr könntet die Dunkelheit besiegen?", sagte die Gestalt mit einer Stimme, die wie das Knirschen von alten Knochen klang. „Ich bin Nyx, die Herrin der Nacht. Ich werde dafür sorgen, dass ihr nie eure Mission erfüllt!" Mira spürte, wie sich die Furcht in ihr ausbreitete. „Wir haben die Dunkelheit besiegt!", rief sie entschlossen. „Wir werden nicht aufgeben!" „Das ist nicht das Ende", flüsterte Nyx und trat näher. „Die Dunkelheit lebt in mir, und ich werde euch für immer verfolgen." Kaelan trat vor und hob die Hände. „Wir sind die Auserwählten, und wir werden die

Dunkelheit besiegen!" „Auserwählte?", lachte Nyx. „Ihr seid nichts als Kinder, die mit Kräften spielen, die sie nicht verstehen!" Mira und Elias sahen sich an. In diesem Moment wussten sie, dass sie sich erneut der Dunkelheit stellen mussten. „Gemeinsam sind wir stark!", rief Elias und ergriff Miras Hand. „Ja!", stimmte Mira zu, während sie sich auf das Licht des Herzens konzentrierten. „Wir werden die Dunkelheit besiegen!" Die Dunkelheit um sie herum begann sich zu verdichten, als Nyx vor ihnen auftauchte. „Ihr könnt mich nicht aufhalten!", rief sie und schickte einen Schattenstrahl auf die Gruppe zu. Mira fühlte, wie die Dunkelheit sie zu ersticken drohte. „Kaelan, hilf uns!" „Aktiviert die Runen!", rief Kaelan und hielt seine Hände hoch. „Lasst das Licht zu uns strömen!" Die Runen leuchteten auf, und das Herz des Mondes pulsierte in einem strahlenden Glanz. Mira und Elias konzentrierten sich auf das Licht und schickten es in Nyx' Richtung. „Für die Blutlinie!", riefen sie im Einklang. Das Licht traf Nyx direkt, und sie schrie vor Schmerz. „Das kann nicht sein!" Die Dunkelheit um sie herum begann sich zurückzuziehen, und Nyx wurde von dem Licht erfasst. „Ihr glaubt, ihr könnt mich besiegen? Ich werde zurückkommen!" Mira spürte, wie die Kraft in ihr wuchs. Sie dachte an ihre Vorfahren und an den Pakt, der einst das Gleichgewicht gehalten hatte. „Wir sind die Auserwählten!", rief sie und konzentrierte sich auf das Licht. Das Herz des Mondes pulsierte in einem strahlenden Glanz, und das Licht erfasste Nyx. „Ihr werdet es bereuen!", schrie sie, als sie in der Dunkelheit verschwand. Die Dunkelheit begann sich zu verflüchtigen, und die Lichtung war nun von einem warmen, goldenen Licht erfüllt. Mira atmete erleichtert auf, als sie sah, dass Nyx verschwunden war. „Haben wir es geschafft?" Kaelan nickte. „Wir haben die Dunkelheit für den Moment besiegt, aber wir müssen wachsam bleiben. Sie wird immer versuchen, zurückzukehren." Eldrin trat näher. „Ihr habt Mut bewiesen und die Dunkelheit zurückgedrängt. Aber ihr müsst wissen, dass die Dunkelheit nie ganz verschwinden wird. Es liegt an euch, den Pakt zu erneuern und das Gleichgewicht zu wahren." Mira fühlte sich erschöpft, aber auch gestärkt. „Wir werden kämpfen, solange es nötig ist", versprach sie. „Für die Blutlinie." Die Gruppe stand zusammen, während das Licht des Herzens des Mondes über ihnen schwebte. Sie hatten die Dunkelheit besiegt, aber die Herausforderungen, die vor ihnen lagen, waren noch lange nicht vorbei. „Lasst uns das Herz des Mondes aktivieren und den Pakt erneuern", sagte Kaelan. „Das ist der erste Schritt, um die Dunkelheit für immer zu vertreiben." Mira und Elias schlossen sich ihm an, und gemeinsam konzentrierten sie sich auf das Licht. „Für die Blutlinie!", riefen sie im Einklang. Als das Licht des

Herzens des Mondes in einem strahlenden Glanz erblühte, fühlte Mira eine Welle der Energie, die durch ihre Adern pulsierte. Es war, als ob die Kraft ihrer Vorfahren sie umhüllte und sie mit neuem Mut erfüllte. Doch inmitten des strahlenden Lichtes spürte sie plötzlich einen kalten Hauch, der durch die Luft schnitt. „Mira!", rief Elias und trat einen Schritt näher, aber sie war schon zu spät. Ein Schatten kroch aus den Tiefen des Waldes, und Mira spürte, wie sich die Dunkelheit erneut um sie schloss. „Das ist nicht das Ende!", hallte eine vertraute, bedrohliche Stimme durch die Nacht. „Nyx wird zurückkehren, und ich werde nicht allein kommen!" Die Gruppe drehte sich zur Quelle der Stimme um, und in dem schwachen Licht des Mondes bemerkten sie eine weitere Gestalt, die sich hinter dem Schatten verbarg. Es war eine dunkle, schattenhafte Kreatur, die größer war als alles, was sie zuvor gesehen hatten. Ihre Augen leuchteten rot und funkelten wie glühende Kohlen. „Ihr denkt, ihr habt gewonnen?", fletschte der Wächter der Dunkelheit, der aus den Schatten zurückgekehrt war, umgeben von weiteren dunklen Wesen, die ihn begleiteten. „Ich habe Verbündete gefunden, die viel mächtiger sind als ich!" „Wir müssen uns zurückziehen!", rief Kaelan und hielt die Hände schützend vor sich. „Die Dunkelheit ist stärker als je zuvor!" Mira spürte, wie die Angst in ihr aufstieg, aber sie wusste, dass sie nicht aufgeben durften. „Wir sind die Auserwählten! Wir können das Herz des Mondes aktivieren und die Dunkelheit besiegen!" Doch während sie sprach, umhüllte die Dunkelheit sie wie ein kaltes Tuch. Die Schattenbewegungen schienen sich zu intensivieren, und die Luft wurde dick und schwer. „Ihr werdet nicht entkommen!", knurrte der Wächter der Dunkelheit, und in diesem Moment wurde alles, was sie gekannt hatten, von der Dunkelheit verschlungen. „Mira! Elias!", schrie Kaelan, als das Licht des Herzens des Mondes flackerte und schließlich erlosch. Die letzte Erinnerung, die Mira hatte, war das Gefühl, in die Dunkelheit hineingezogen zu werden, gefolgt von einem ohrenbetäubenden Schweigen. Würden sie die Dunkelheit besiegen können, oder war dies das Ende ihrer Reise?

**Kapitel 5: Das Geheimnis des alten Schlosses!**

Mira öffnete die Augen und fand sich in einem dunklen Raum wieder. Ein schwaches Licht flackerte über den Wänden und enthüllte alte, vergilbte Tapeten, die von der Zeit gezeichnet waren. Der Geruch von feuchtem Holz und Staub lag in der Luft. „Wo sind wir?", murmelte sie, während sie sich aufsetzte. „Ich glaube, wir sind im alten Schloss", antwortete Elias, der neben ihr kniete und sich umblickte. „Wir müssen hier irgendwie hingekommen sein, nachdem wir in die Dunkelheit gezogen wurden." Mira sah ihn an und fühlte sich plötzlich sehr müde. „Die Dunkelheit... sie hat uns mitgenommen", flüsterte sie. „Aber warum? Was haben wir hier zu suchen?" Kaelan, der am anderen Ende des Raumes stand, wandte sich zu ihnen um. „Das alte Schloss ist ein Ort voller Geheimnisse, und ich vermute, dass es mit der Dunkelheit und der Legende der Blutlinie zu tun hat. Wir müssen herausfinden, was hier verborgen ist." Elias stand auf und half Mira auf die Beine. „Was sollen wir tun?" „Wir müssen das Schloss erkunden", sagte Kaelan entschlossen. „Es könnte Hinweise geben, die uns helfen, die Dunkelheit endgültig zu besiegen." Die drei Auserwählten begaben sich vorsichtig durch die düsteren Flure des Schlosses. Die Wände waren mit alten Gemälden geschmückt, die die Geschichte des Ortes erzählten – Geschichten von Ruhm, Macht und letztendlich von Fall und Dunkelheit. „Es ist seltsam", murmelte Mira, als sie an einem Gemälde einer majestätischen Königin vorbeiging. „Ich habe das Gefühl, dass ich sie kenne." „Das könnte eine der früheren Herrscherinnen sein, die mit der Blutlinie verbunden waren", schlug Kaelan vor. „Vielleicht hat sie etwas mit dem Pakt zu tun, den wir suchen." Elias trat näher und berührte die Kante des Rahmens. „Was, wenn sie uns führt? Vielleicht gibt es hier einen Hinweis, der uns zu dem führt, was wir brauchen." Sie durchsuchten die Räume des Schlosses und fanden viele verwitterte Bücher und alte Schriften, die mit geheimen Symbolen bedeckt waren. In einem der Räume entdeckten sie eine große Holztruhe, die mit einem komplexen Schloss versehen war. „Das könnte wichtig sein", sagte Mira und kniete sich vor die Truhe. „Wir sollten versuchen, sie zu öffnen." Kaelan betrachtete die Symbole auf der Truhe und nickte. „Es könnte eine Art Rätsel sein. Wenn wir die richtigen Worte oder Symbole finden, können wir das Schloss öffnen." „Lass uns die Schriften durchsehen", schlug Elias vor. „Vielleicht finden wir einen Hinweis." Die drei Auserwählten setzten sich in einen nahegelegenen Raum, wo sie die alten Schriften studierten. Während sie die Seiten umblätterten, entdeckten sie eine

Passage, die von der Verbindung der Blutlinie zu dem Schloss sprach. „Hier steht, dass die Blutlinie einst in diesem Schloss lebte und dass es ein geheimes Artefakt gibt, das in der Truhe verborgen ist", erklärte Kaelan und las laut vor. „Das Artefakt soll die Macht haben, die Dunkelheit zu bannen und die Auserwählten zu stärken." Mira spürte ein Knistern der Aufregung in ihrem Inneren. „Das könnte der Schlüssel sein, um die Dunkelheit zu besiegen!" Elias blätterte weiter durch die Seiten, bis er auf eine Zeichnung stieß, die das Schloss und die Umgebung darstellte. „Seht euch das an! Hier ist ein geheimer Raum eingezeichnet, der unter dem Schloss verborgen ist. Vielleicht ist dort das Artefakt versteckt!" „Wir müssen herausfinden, wie wir die Truhe öffnen, um den Zugang zum geheimen Raum zu finden", sagte Kaelan und sah sich die Symbole auf der Truhe noch einmal an. Die Truhe war mit einem komplizierten Muster von Symbolen und Zahlen verziert. Ein Gefühl der Entschlossenheit erfüllte Mira. „Wir müssen die Symbole entschlüsseln. Vielleicht können wir sie mit den Inschriften in den Schriften vergleichen." Die drei begannen, die Symbole zu untersuchen. Nach einer Weile bemerkte Mira, dass einige der Symbole den Runen ähnelten, die sie zuvor im Wald gesehen hatten. „Das sind die gleichen Runen!", rief sie aus. „Wir müssen die Verbindung herstellen!" Elias und Kaelan schauten auf die Truhe und dann auf die Schriften. „Wenn wir die richtige Kombination finden, könnten wir die Truhe öffnen!", sagte Elias. Sie arbeiteten gemeinsam und entdeckten, dass die Symbole eine bestimmte Reihenfolge hatten. Nach mehreren Versuchen und vielen Diskussionen fanden sie schließlich die richtige Kombination. Mit einem leisen Klicken öffnete sich das Schloss der Truhe. „Es funktioniert!", rief Mira und öffnete die Truhe vorsichtig. Darin lag ein schimmerndes Artefakt, das in verschiedenen Farben schimmerte und pulsierte. Es war wie ein Kristall, der das Licht um sich herum in alle Richtungen reflektierte. „Das muss es sein!", murmelte Kaelan. „Das Artefakt der Blutlinie!" Als Mira das Artefakt berührte, spürte sie eine Welle von Kraft durch ihren Körper strömen. Es war, als ob das Licht des Herzens des Mondes und die Energie der Blutlinie in ihr verschmolzen. „Es ist unglaublich!", rief sie aus. „Es gibt mir Kraft!" „Das Artefakt könnte uns helfen, die Dunkelheit zu besiegen", sagte Elias und sah Mira an. „Wir müssen es verwenden, um die Dunkelheit endgültig zu vertreiben." Doch während sie sich über das Artefakt freuten, ertönte plötzlich ein tiefes Grollen. Die Wände des Schlosses begannen zu beben, und die Schatten um sie herum schienen sich zu verdichten. „Das ist nicht gut", murmelte Kaelan und sah sich um. „Die Dunkelheit weicht nicht einfach zurück. Sie wird alles versuchen, um das Artefakt zu bekommen!" „Wir müssen schnell handeln!", rief Mira und hielt das Artefakt fest in ihren Händen. „Lasst uns den geheimen Raum finden!" Die Gruppe eilte durch die Gänge des Schlosses, verfolgt von dem Grollen der Dunkelheit, die sich um sie schloss. Sie folgten der Zeichnung, die Elias gefunden hatte, und suchten nach dem geheimen Eingang. Nach einem hektischen Lauf durch das Schloss fanden sie schließlich eine versteckte Tür, die von einem dichten Vorhang aus Schatten verborgen war. „Hier!", rief Elias und deutete auf die Tür. „Das muss der Eingang zum geheimen Raum sein!" Mira drückte den Vorhang zur Seite und öffnete die Tür. Ein kalter Luftzug strömte ihnen entgegen, und sie traten vorsichtig ein. Der Raum war dunkel, aber das Licht des Artefakts erhellte die Umgebung und offenbarte eine riesige Statue, die das Herz des Mondes darstellte. „Das Herz des Mondes...", flüsterte Kaelan. „Es ist hier!" Doch als sie näher traten, bemerkten sie, dass die Statue von Schatten umgeben war. „Das sind die Geister der Dunkelheit", murmelte Eldrin, der immer noch bei ihnen war. „Sie bewachen das Herz und werden alles tun, um es zu schützen." „Wir müssen die Dunkelheit besiegen, um das Herz zu aktivieren", sagte Mira entschlossen. „Aber wie?", fragte Elias. „Sie sind zu stark!" „Wir müssen das Artefakt verwenden", antwortete Kaelan.

„Gemeinsam können wir die Dunkelheit vertreiben!"
Die Gruppe stellte sich zusammen und konzentrierte
sich auf das Artefakt. Mira hielt es hoch und rief: „Für
die Blutlinie! Für den Frieden!" Das Artefakt begann zu
pulsieren, und ein strahlendes Licht strömte in den
Raum. Die Schatten wichen zurück, aber die Geister
der Dunkelheit schienen sich zu regenerieren und
wurden aggressiver. „Haltet durch!", rief Kaelan,
während er die Runen um die Statue berührte. „Wir
müssen sie zurückdrängen!" „Licht der Auserwählten,
komme zu uns!", rief Mira, und das Licht des Artefakts
explodierte in einem strahlenden Glanz. Die
Dunkelheit begann zu wanken, und die Geister schrien
vor Schmerz. Doch während sie kämpften, spürte Mira
plötzlich eine Veränderung in der Luft. Ein kaltes
Lachen hallte durch den Raum. „Ihr denkt, ihr könnt
die Dunkelheit besiegen?", ertönte die Stimme von
Nyx, die sich aus den Schatten materialisierte. „Ihr
seid nicht stark genug!" „Nyx!", rief Elias entsetzt. „Wie
konntest du hierher kommen?" „Die Dunkelheit ist
überall", flüsterte Nyx und schickte einen
Schattenstrahl in ihre Richtung. „Ich werde alles tun,
um zu verhindern, dass ihr das Herz aktiviert!" Mira
spürte, wie der Schattenstrahl sie erfasste und sie zu
Boden drückte. „Haltet durch!", schrie Elias, während
er versuchte, sie zu befreien. Doch die Dunkelheit
schien sie zu ersticken, und das Licht des Artefakts

begann zu flackern. „Es ist zu spät!", lachte Nyx, während sie näher trat. „Ihr werdet niemals das Herz des Mondes aktivieren!" In einem letzten verzweifelten Versuch hielt Mira das Artefakt fest. „Wir müssen es schaffen!", rief sie und konzentrierte sich auf das Licht, das in ihr pulsierte. Doch die Dunkelheit um sie herum wurde immer dichter, und sie fühlte, wie die Kraft in ihr schwächer wurde. „Das ist das Ende!", flüsterte Nyx, als die Dunkelheit sie umhüllte und sie in die Finsternis zog. Mira schloss die Augen und fühlte, wie die Dunkelheit sie verschlang. War dies wirklich das Ende ihrer Reise? Oder gab es einen Weg, die Dunkelheit zu besiegen, bevor es zu spät war?

**Kapitel 6: Die Versammlung der Vampire!**

Mira öffnete die Augen und fand sich in einem großen, dunklen Saal wieder. Die Wände waren mit rotem Samt bedeckt, und die Luft war von einem süßlichen Duft erfüllt, der an alten Wein erinnerte. Über ihnen hingen Kronleuchter, die in einem schwachen Licht erstrahlten und die Gesichter der Anwesenden beleuchteten. „Wo sind wir?", murmelte sie, während sie sich aufrichtete. „Was ist passiert?" Elias saß neben ihr und sah sich um. „Wir sind in der

Versammlungshalle der Vampire", erklärte er leise. „Ich erinnere mich, dass Nyx uns in die Dunkelheit gezogen hat, und dann..." „Dann wurden wir hierher gebracht", beendete Kaelan den Satz und trat näher. „Es sieht so aus, als ob die Versammlung der Vampire uns erwartet." Mira spürte ein Kribbeln in der Luft. Sie hatte Geschichten über die Versammlung gehört – ein geheimes Treffen der mächtigsten Vampire, die über das Schicksal ihrer Art entschieden. Aber warum waren sie hier? Was wollten sie von ihnen? Ein älterer Vampir, der in einem langen, schwarzen Umhang gekleidet war, trat aus den Schatten. Sein Gesicht war blass, und seine Augen leuchteten in einem tiefen Rot. „Willkommen, Auserwählte", sagte er mit einer Stimme, die wie das Flüstern des Windes klang. „Ich bin Lord Valen, der Vorsitzende dieser Versammlung." „Warum sind wir hier?", fragte Mira, während sie sich versuchte, ihre Nervosität zu nehmen. „Wir haben die Dunkelheit besiegt, aber sie droht, zurückzukehren." Valen nickte ernst. „Ja, wir haben von eurer Begegnung mit Nyx und dem Wächter der Dunkelheit gehört. Aber die Dunkelheit ist nicht nur ein persönliches Problem. Es ist ein Problem, das alle Vampire betrifft. Wir müssen uns vereinigen, um die Dunkelheit endgültig zu besiegen." Elias trat vor. „Wie können wir helfen?" „Die Versammlung hat beschlossen, dass wir einen Pakt erneuern müssen – einen Pakt, der uns mit der

Blutlinie verbindet und uns die Kraft gibt, die Dunkelheit zurückzudrängen", erklärte Valen. „Doch dafür brauchen wir eure Hilfe." Die Anwesenden in der Halle waren eine Mischung aus alten und jungen Vampiren, deren Gesichter von der Dunkelheit gezeichnet waren. Einige schienen skeptisch, während andere gespannt auf die Auserwählten schauten. „Was müssen wir tun?", fragte Mira und spürte, wie das Gewicht der Erwartungen auf ihren Schultern lastete. „Ihr müsst die Runen des alten Paktes aktivieren", erklärte Valen. „Diese Runen sind in der ganzen Halle verstreut, und ihr müsst sie finden, um den Pakt zu erneuern." „Aber wie können wir die Runen aktivieren?", fragte Kaelan. „Wir wissen nicht einmal, wo sie sich befinden." „Die Runen werden euch führen", sagte Valen geheimnisvoll. „Hört auf die Stimmen der Vergangenheit und lasst das Herz des Mondes euch leiten. Nur dann wird der Pakt erneuert." Mira nickte entschlossen. „Wir werden es versuchen. Wir dürfen die Dunkelheit nicht gewinnen lassen!" „Gut", sagte Valen und wandte sich an die Versammlung. „Lasst uns die Auserwählten unterstützen, damit sie die Runen aktivieren können." Die Vampire nickten und begannen, sich zu bewegen, um die Halle zu durchsuchen. Mira, Elias und Kaelan machten sich auf den Weg, während die Anspannung in der Luft spürbar war. Sie begaben sich durch die

Halle, die in verschiedene Bereiche unterteilt war. Jeder Bereich war mit alten Artefakten und Erinnerungsstücken aus der Geschichte der Vampire geschmückt. Mira konnte die Energie der Vergangenheit spüren, die durch den Raum strömte. „Hier!", rief Elias und zeigte auf einen großen Teppich, der mit Symbolen bedeckt war. „Das sieht aus wie eine Rune!" Die Gruppe trat näher und erkannte, dass die Symbole die gleichen waren, die sie im Wald gesehen hatten. „Wir müssen herausfinden, was sie bedeuten", sagte Kaelan und begann, die Symbole zu studieren. Mira schloss die Augen und konzentrierte sich auf das Licht des Herzens des Mondes, das in ihrer Tasche pulsierte. „Lasst es uns versuchen!", rief sie und legte ihre Hände auf die Rune. Plötzlich spürte sie einen Aufruhr in der Luft, und die Rune begann zu leuchten. Ein strahlendes Licht umhüllte sie, und sie hörte die Stimmen ihrer Vorfahren, die sie anfeuerten. „Aktiviert die Rune!" Elias und Kaelan legten ebenfalls ihre Hände auf die Rune, und das Licht wurde intensiver. „Für die Blutlinie!", riefen sie im Einklang. Ein Lichtstrahl schoss durch die Halle und erleuchtete den Raum. „Eine Rune aktiviert!", rief Valen aus. „Zwei weitere müssen aktiviert werden!" „Lasst uns weitermachen!", sagte Mira entschlossen, während sie zur nächsten Rune eilten. Die Gruppe fand sich in einem weiteren Bereich der Halle wieder, der mit alten

Wappen und Bildern geschmückt war. „Hier ist die nächste Rune!", rief Kaelan und deutete auf eine Wand, die mit einem alten Gemälde geschmückt war. „Das Bild zeigt den Pakt zwischen den Vampiren und den Werwölfen", erklärte Mira, während sie die Details betrachtete. „Es erzählt von der Harmonie und dem Frieden." „Das könnte uns helfen", sagte Elias und berührte die Rune. „Wir müssen herausfinden, wie wir sie aktivieren." Mira spürte ein Kribbeln in der Luft, als sie sich auf die Rune konzentrierte. „Ich glaube, wir müssen die Energie des Herzens nutzen, um die Rune zu aktivieren", murmelte sie. „Dann lass uns gemeinsam arbeiten", sagte Elias und legte seine Hand auf Miras. Kaelan folgte und zusammen konzentrierten sie sich auf das Licht des Herzens. „Für die Blutlinie!", riefen sie erneut, und das Licht der Rune begann zu pulsieren. Ein strahlender Lichtstrahl schoss in die Höhe, und die Rune begann zu leuchten. „Zwei Runen aktiviert! Nur eine bleibt übrig!", rief Valen voller Begeisterung. „Wir müssen schnell sein!", rief Kaelan und führte die Gruppe zur letzten Rune. Die Gruppe fand die letzte Rune in einem dunklen Raum, der von Schatten umgeben war. „Hier ist sie!", rief Mira und sah die Rune, die in der Wand eingraviert war. Doch die Dunkelheit schien sich um sie herum zu verdichten. „Es fühlt sich nicht gut an", murmelte Elias. „Die Dunkelheit wird versuchen, uns aufzuhalten." „Wir müssen es trotzdem versuchen", sagte Mira entschlossen. „Das Herz des Mondes wird uns leiten!" Sie legten ihre Hände auf die Rune und konzentrierten sich auf das Licht des Herzens. „Für die Blutlinie!", riefen sie im Einklang. Doch plötzlich spürten sie eine kalte Präsenz, die sich zwischen ihnen bewegte. Nyx war zurückgekehrt, und die Dunkelheit um sie herum verdichtete sich. „Ihr glaubt, ihr könnt die Dunkelheit besiegen?", rief sie mit einer Stimme, die wie das Knirschen von alten Knochen klang. „Ich werde euch aufhalten!" Mira fühlte, wie die Dunkelheit sie zu erdrücken drohte. „Wir dürfen nicht aufgeben!", rief sie und konzentrierte sich weiter auf die Rune. „Wir sind die Auserwählten!" „Haltet durch!", rief Elias und versuchte, die Dunkelheit zurückzudrängen. „Wir müssen die Rune aktivieren!" „Die Dunkelheit wird alles tun, um uns aufzuhalten!", rief Kaelan über das Grollen hinweg. „Wir müssen zusammenarbeiten!" Die Dunkelheit schien sich um sie zu wickeln, und Mira spürte, wie die Kraft in ihr nachließ. Doch sie wusste, dass sie nicht aufgeben durfte. „Für die Blutlinie!", rief sie und konzentrierte sich auf das Licht des Herzens. „Komm zu uns!" Das Licht begann zu pulsieren, und die Rune leuchtete auf. „Es funktioniert!", rief Elias, als die Dunkelheit zurückwich. Doch Nyx schickte einen Schattenstrahl in ihre Richtung. „Ihr werdet versagen!", schrie Nyx, während sie sich auf sie stürzte. Mira schloss die Augen und stellte sich die Kraft ihrer Vorfahren vor. „Wir werden die Dunkelheit besiegen!" Gerade als das Licht der Rune zu erstrahlen begann und die Dunkelheit um sie herum zu weichen schien, spürte Mira plötzlich ein stechendes Ziehen in ihrem Herzen. „Was passiert?", rief sie und fiel auf die Knie, während die Dunkelheit sich um sie schloss. „Mira!", rief Elias verzweifelt und kniete sich neben sie. „Was ist los?" „Es... es ist, als ob die Dunkelheit mich durchdringt!", stammelte sie, während sie um Atem rang. Die Schatten schienen lebendig zu werden, schlangen sich um ihre Beine und zogen sie tiefer in die Finsternis. „Wir müssen die Rune aktivieren!", rief Kaelan und hob die Hände. „Lasst das Licht zu uns strömen!" Doch im selben Moment brach ein lautes Grollen durch die Halle, und die Wände schüttelten sich. Nyx trat aus dem Schatten hervor, ihre Augen funkelten vor Bosheit. „Ihr dachtet, ihr könntet die Dunkelheit besiegen? Ihr seid nichts ohne euren Glauben!" Das Licht der Rune flackerte, und die Dunkelheit schien sich um sie zu verdichten. Mira spürte, wie ihre Kräfte schwand. „Wir müssen es schaffen!", schrie sie und versuchte, sich wieder zu konzentrieren. „Das Herz des Mondes!", rief Elias, während er verzweifelt nach dem Artefakt griff. Doch als er es berühren wollte, wurde es von einer dunklen Hand ergriffen, die aus dem Schatten herauskam.

„Das ist jetzt mein Besitz!", lachte Nyx, während sie das Artefakt in ihren Händen hielt. „Mit diesem Artefakt werde ich die Dunkelheit entfesseln und die Welt ins Chaos stürzen!" Mira und Kaelan starrten entsetzt auf das Artefakt, das in Nyx' Händen pulsierte. „Wir werden es nicht zulassen!", rief Kaelan, doch die Dunkelheit um sie begann, sich zusammenzuziehen, und das Licht der Rune verblasste. „Oh, doch ihr werdet!", flüsterte Nyx mit einem kalten, bedrohlichen Lächeln. „Bald wird die Dunkelheit das letzte Licht auslöschen und die Versammlung der Vampire wird nichts weiter als ein Schatten der Vergangenheit sein!" Mit einem letzten, gewaltigen Ruck wurde Mira in die Dunkelheit gezogen, und die Welt um sie herum verschwand in einem Meer aus Schatten. Würden sie die Dunkelheit besiegen können, oder war dies der Beginn des endgültigen Untergangs der Blutlinie?

**Kapitel 7: Ein Pakt mit dem Unbekannten!**

Mira fand sich in einem endlosen Dunkelheitsmeer wieder, das sie umhüllte wie ein kaltes, erstickendes Tuch. Ihr Herz raste, und sie konnte den Druck der Dunkelheit auf ihrer Brust spüren. „Wo sind wir?", murmelte sie, während sie versuchte, sich einen Überblick zu verschaffen. „Mira!", hörte sie Elias' Stimme, die durch die Dunkelheit drang. „Bist du da?" „Ja!", rief sie zurück, ihre Stimme zitterte. „Ich bin hier! Wo sind wir?" „Ich weiß es nicht", antwortete Elias. „Wir sind in der Dunkelheit gefangen. Wir müssen einen Weg finden, hier herauszukommen." Plötzlich spürte Mira eine Präsenz, die sich um sie herum bewegte. Ein leises Flüstern durchbrach die Stille, und sie konnte die Worte nicht ganz verstehen, aber es klang wie eine Einladung. „Folgt mir..." „Was war das?", fragte Kaelan, der ebenfalls in der Dunkelheit war. „Hört ihr das?" „Ja", antwortete Mira, und das Flüstern wurde lauter. „Es klingt, als ob jemand uns ruft. Vielleicht führt es uns hinaus aus dieser Dunkelheit." Sie begaben sich vorsichtig in die Richtung des Flüsterns, das sie immer stärker empfanden. Die Dunkelheit schien sich um sie zu winden, doch das Flüstern wurde zu einem klaren Ruf. „Kommt zu mir, Auserwählte..." Nach einer Weile stießen sie auf eine schwache Lichtquelle, die inmitten der Dunkelheit schimmerte. Als sie näher traten, sahen sie eine Gestalt, die in einem langen, dunklen Umhang gehüllt war. Ihr Gesicht war von einer Kapuze verborgen, aber ihre Augen leuchteten in einem tiefen Blau. „Ich bin Aelira", sagte die Gestalt mit einer Stimme, die sowohl beruhigend als auch eindringlich war. „Ich habe auf euch gewartet. Ihr steht vor einer Wahl." „Eine Wahl?", fragte Elias misstrauisch. „Wovor stehen wir?" „Die Dunkelheit droht, eure Welt zu verschlingen", erklärte Aelira. „Ihr habt die Dunkelheit bereits einmal zurückgedrängt, aber sie wird zurückkommen. Nur durch einen Pakt mit mir könnt ihr die Dunkelheit endgültig besiegen." Mira spürte, wie sich ein Gefühl der Unruhe in ihr regte. „Was für ein Pakt? Was verlangt ihr von uns?" „Es ist ein Pakt mit dem Unbekannten", sagte Aelira. „Ihr müsst eure Kräfte mit meinen vereinen, um die Dunkelheit zu besiegen. Doch es gibt einen Preis." „Was für einen Preis?", fragte Kaelan, während er sich schützend vor Mira stellte. „Ihr müsst bereit sein, einen Teil eurer Seele zu opfern", erklärte Aelira ruhig. „Nur dann kann ich euch die Kraft geben, die ihr benötigt." Mira sah Elias und Kaelan an. „Das klingt gefährlich. Was ist, wenn wir es bereuen?" „Die Dunkelheit ist noch gefährlicher", entgegnete Aelira. „Wenn ihr nicht handelt, wird sie alles zerstören, was euch lieb ist." „Wir müssen eine Entscheidung treffen", sagte Elias. „Was sollen wir tun?" Mira schloss die Augen und dachte über die Worte von Aelira nach. Die Dunkelheit hatte bereits so viel Leid in ihr Leben gebracht. War sie bereit, einen Teil ihrer Seele zu opfern, um ihre Welt zu retten? „Wir müssen es tun", sagte sie schließlich entschlossen. „Wir können die Dunkelheit nicht erneut ertragen." „Ich werde ebenfalls bereit sein zu opfern", fügte Elias hinzu. „Wir müssen es für die Blutlinie tun." Kaelan nickte. „Wenn wir es gemeinsam tun, können wir die Dunkelheit besiegen." „Wisst ihr, dass dies eine große Verantwortung ist?", fragte Aelira und trat näher. „Der Pakt wird euch stärken, aber er wird auch die Verbindung zu euren ursprünglichen Kräften beeinflussen." „Wir sind bereit", sagte Mira und öffnete die Augen. „Wir nehmen den Pakt an." Aelira lächelte geheimnisvoll und hob die Hände. „Dann gebt mir eure Hände, und lasst uns den Pakt schließen." Mira und Elias legten ihre Hände in die von Aelira, und Kaelan folgte ihnen. Die Dunkelheit um sie herum begann zu pulsieren, und das Licht wurde intensiver. „Im Namen der alten Kräfte und der Blutlinie, schließe ich diesen Pakt", sprach Aelira feierlich. „Möge das Licht euch leiten und die Dunkelheit für immer bannen." Ein strahlendes Licht umhüllte sie, und Mira spürte, wie eine Welle der Energie durch ihren Körper strömte. Es war, als ob sich die Dunkelheit um sie herum zurückzog und sie mit neuer Kraft erfüllte. Doch während das Licht sie durchströmte, spürte Mira plötzlich einen stechenden Schmerz in ihrer Brust. Es war, als würde ein Teil von ihr herausgerissen werden, und sie hielt den Atem an. „Was passiert?" „Der Preis des Paktes wird fällig!", rief Aelira, während die Dunkelheit um sie herum zu pulsieren begann. „Haltet durch!" Mira fühlte, wie die Dunkelheit in ihr zu kämpfen begann. Die Energie des Paktes war stark, aber der Schmerz war überwältigend. „Ich kann nicht...", stammelte sie, als die Schatten sich um sie schlossen. „Haltet durch!", rief Elias und hielt ihre Hand fest. „Wir sind die Auserwählten! Wir müssen stark bleiben!" Kaelan kniete sich neben sie. „Mira, wenn du aufgibst, wird die Dunkelheit gewinnen! Denk an all die Menschen, die du retten möchtest!" Die Gedanken an ihre Freunde und Familie flogen durch ihren Kopf. Sie durfte nicht aufgeben. „Ich werde kämpfen!", rief sie und konzentrierte sich auf das Licht, das in ihr pulsierte. „Für die Blutlinie!" Das Licht wurde intensiver, und die Dunkelheit begann, sich zurückzuziehen. Doch Aelira sah besorgt aus. „Es ist nicht genug!", rief sie. „Ihr müsst mehr von euch geben!" Mira spürte, wie die Dunkelheit um sie herum lauter wurde, und die Stimmen der Vergangenheit drangen in ihren Kopf. „Gib uns deine Kraft... gib uns deine Seele..." „Nein!", schrie sie und kämpfte gegen den Druck an. „Ich werde nicht aufgeben!" Doch die Dunkelheit erwiderte ihren Widerstand mit einem gewaltigen Schub, und Mira wurde zurückgedrängt. „Mira!", rief Elias verzweifelt, während er versuchte, sie festzuhalten. „Kämpfe dagegen an! Wir sind bei dir!" Mira spürte, wie die Dunkelheit versuchte, sie zu verschlingen. „Ich kann nicht... ich kann nicht mehr!", rief sie, während der Schmerz in ihrer Brust intensiver wurde. Doch dann erinnerte sie sich an das Herz des Mondes und die Kraft, die es in ihr entfesselt hatte. „Ich kann nicht aufgeben!", rief sie und konzentrierte sich auf das Licht, das in ihrem Inneren pulsierte. „Für die Blutlinie!", rief sie und ließ das Licht mit aller Kraft herausströmen. Es durchbrach die Dunkelheit und schickte einen strahlenden Lichtstrahl in die Höhe. Die Dunkelheit begann zu wanken, und Aelira trat vor. „Ja! Das ist die Kraft, die ihr braucht! Lasst das Licht zu euch strömen!" Mira fühlte, wie das Licht sie durchdrang und die Dunkelheit zurückdrängte. Doch während sie sich auf das Licht konzentrierte, bemerkte sie, dass Nyx erneut aus den Schatten trat. „Ihr glaubt, ihr könnt die Dunkelheit besiegen?", knurrte sie, während ihre Augen rot leuchteten. „Ich werde alles tun, um euch zu stoppen!" „Wir werden kämpfen!", rief Elias. „Für die Blutlinie!" Doch als das Licht intensiver wurde, spürte Mira, wie die Dunkelheit sich um sie herum verdichtete. „Das ist nicht das Ende!", schrie

Nyx, während sie eine dunkle Macht entfesselte, die die Halle erschütterte. Gerade als das Licht der Auserwählten zu erstrahlen begann und die Dunkelheit zurückweichen wollte, spürte Mira einen gewaltigen Ruck. Die Dunkelheit um sie begann sich zu regenerieren, und sie fühlte, wie ihre Kräfte schwanden. „Mira!", rief Elias verzweifelt, während er versuchte, sie zu halten. „Halt durch!" Aber die Schatten packten sie und begannen, sie in die Finsternis zu ziehen. „Ihr werdet niemals gewinnen!", schrie Nyx, während sie sich näherte und ihre Hände erhob. „Das Licht wird euch nicht retten!", fletschte sie, als die Dunkelheit sie endgültig umhüllte. Mira schloss die Augen und hörte das Echo der Stimmen der Vergangenheit, die um sie herum tanzten. „Wenn du aufgibst, wird alles verloren sein!" In diesem Moment spürte sie, wie die Dunkelheit sie ergriff. „Nein!", schrie sie, während sie in den Schatten verschwand. „Wir müssen kämpfen!" Aber die Dunkelheit wurde lauter, und das Licht verschwand. Was würde mit den Auserwählten geschehen? War dies das Ende ihres Kampfes, oder gab es noch Hoffnung in der Dunkelheit?

**Kapitel 8: Die Suche nach dem ersten Zeichen!**

Mira öffnete die Augen und fand sich in einem vertrauten Raum wieder, umgeben von sanftem Licht. Sie lag auf einem weichen Bett, und als sie sich aufsetzte, bemerkte sie, dass Elias und Kaelan ebenfalls anwesend waren, beide in einem Zustand der Erschöpfung, aber lebendig. „Was ist passiert?", fragte sie, während sie sich aufrichtete. „Wo sind wir?" „Wir sind in einem Versteck der Vampire", erklärte Elias und sah sich um. „Aelira hat uns hierher gebracht, nachdem wir den Pakt geschlossen haben. Sie sagte, es sei der einzige Ort, an dem wir vor der Dunkelheit sicher sind." Kaelan war immer noch nachdenklich. „Aber die Dunkelheit ist nicht besiegt. Nyx wird nicht aufgeben, und wir müssen einen Weg finden, die ersten Zeichen zu entdecken, die uns helfen können, die Dunkelheit zu vertreiben." „Die ersten Zeichen?", wiederholte Mira und versuchte, sich an die Details zu erinnern. „Was bedeutet das?" „Die ersten Zeichen sind Hinweise, die uns zu den Artefakten führen, die wir benötigen, um die Dunkelheit zu besiegen", erklärte Kaelan. „Aelira hat gesagt, dass wir die Zeichen entschlüsseln müssen, um die Macht der Blutlinie zu aktivieren." „Wir müssen die Suche beginnen", sagte Elias entschlossen. „Die Dunkelheit wird versuchen, uns zu finden. Wir dürfen keine Zeit verlieren." Die drei Auserwählten machten sich auf den Weg, um die Informationen zu sammeln, die ihnen helfen konnten. Aelira hatte ihnen ein altes Buch übergeben, das die Geschichte und die Geheimnisse der Blutlinie enthielt. Es war in schwerem, verwittertem Leder gebunden und mit mystischen Symbolen verziert. „Lasst uns sehen, was wir finden können", sagte Mira und blätterte durch die Seiten. Die alten Schriften waren in einer Sprache verfasst, die teilweise schwer zu entschlüsseln war. Doch einige Passagen stachen hervor. „Hier steht etwas über den ersten Ort", erklärte Kaelan und zeigte auf einen Abschnitt. „Es wird gesagt, dass das erste Zeichen im Tempel der Vergessenen verborgen ist, der tief im Wald liegt." „Der Tempel der Vergessenen?", wiederholte Elias. „Was ist das genau?" „Ein alter Ort, der von den ersten Vampiren erbaut wurde", erklärte Kaelan. „Er wurde als heilig betrachtet und sollte die Geheimnisse der Blutlinie bewahren. Doch die Dunkelheit hat ihn vergessen lassen." „Wir müssen dorthin gehen", sagte Mira entschlossen. „Das erste Zeichen könnte der Schlüssel sein, um die Dunkelheit zu besiegen." „Aber wir müssen vorsichtig sein", warnte Elias. „Die Dunkelheit wird uns verfolgen, und wir wissen nicht, was uns im Tempel erwartet." Mira nickte. „Wir müssen vorbereitet sein. Lasst uns alles sammeln, was wir brauchen." Die Gruppe packte ihre Sachen und machte sich auf den Weg in den Wald, der den Tempel der Vergessenen verbarg. Die Bäume standen dicht beieinander, und die Luft war kühl und feucht. Die Schatten schienen sich um sie zu wickeln, und das Gefühl der Bedrohung war immer noch spürbar. „Haltet zusammen!", rief Kaelan, während sie tiefer in den Wald vordrangen. „Die Dunkelheit könnte überall sein." Mira fühlte, wie sich ein Kloß in ihrem Magen bildete. „Was, wenn wir nicht finden, was wir suchen? Was, wenn die Dunkelheit uns aufhält?" „Wir müssen an uns glauben", sagte Elias und nahm ihre Hand. „Wir sind die Auserwählten. Wir haben das Herz des Mondes und die Kraft der Blutlinie auf unserer Seite." „Ja, wir müssen stark bleiben", bestätigte Kaelan. „Wir sind nicht allein in diesem Kampf." Nach einer Weile erreichten sie eine Lichtung, auf der ein altes, verwittertes Tor stand, das mit Ranken und Moos überwuchert war. „Das muss der Eingang zum Tempel sein", sagte Mira und trat näher. „Es sieht so aus, als ob es lange nicht mehr benutzt wurde", murmelte Elias und betrachtete die Inschriften auf dem Tor. „Die Zeichen sind verwittert, aber ich kann ein paar von ihnen erkennen." „Sie sind die gleichen, die ich im Buch gesehen habe", sagte Mira und berührte die Inschrift. „Wir müssen herausfinden, wie wir das Tor öffnen können." Sie untersuchten das Tor eingehend und fanden eine kleine Vertiefung, die wie ein Schlüssel aussah. „Wir müssen den Schlüssel finden, um das Tor zu öffnen", erklärte Kaelan. „Das könnte das erste Zeichen sein." „Wo könnten wir ihn finden?", fragte Elias. „Es gibt hier so viele Schatten." Mira erinnerte sich an die Geschichten, die sie über den Tempel gehört hatte. „Es wird gesagt, dass der Schlüssel in der Nähe eines alten Baumes versteckt ist, der die Seele des Tempels bewahrt. Wir müssen ihn finden." „Lasst uns gehen", sagte Elias und führte die Gruppe in die Richtung, die Mira angegeben hatte. Die Schatten schienen sich um sie zu verdichten, und das Gefühl der Bedrohung nahm zu. Nach einer Weile stießen sie auf einen riesigen Baum mit knorrigen Ästen und einer massiven, gewundenen Wurzel. „Das muss er sein", rief Mira und zeigte auf den Baum. Kaelan kniete sich hin und begann, die Wurzeln zu untersuchen. „Hier ist etwas!", rief er und grub in den weichen Boden. Nach ein paar Minuten hielt er einen kleinen, rustikalen Schlüssel in der Hand. „Wir haben ihn gefunden!", rief Elias und half Kaelan auf die Beine. „Jetzt können wir das Tor öffnen!" Die Gruppe eilte zurück zum Tor und steckte den Schlüssel vorsichtig in die Vertiefung. Es klickte leise, und das Tor öffnete sich mit einem tiefen, knarrenden Geräusch. Ein schummriger Lichtstrahl drang aus dem Inneren des Tempels. „Seid vorsichtig", murmelte Kaelan, während sie durch den Eingang traten. Der Tempel war in einen tiefen Schatten gehüllt, und die Luft war kühl und still. „Wir müssen das erste Zeichen finden", sagte Mira und blickte sich um. „Es muss irgendwo hier sein." Im Inneren des Tempels waren die Wände mit alten Fresken geschmückt, die Geschichten von Kriegen und Allianzen zwischen den Vampiren und anderen Kreaturen der Nacht erzählten. Doch die Bilder schienen verblasst, als ob die Dunkelheit selbst daran genagt hatte. „Hier!", rief Elias und zeigte auf einen Sockel in der Mitte des Raumes. Darauf lag ein leuchtendes Zeichen, das in verschiedenen Farben schimmerte. „Das muss es sein!" Mira trat näher und betrachtete das Zeichen. Es war ein kunstvoll gefertigtes Symbol, das die Verbindung zwischen den Vampiren und der Blutlinie darstellte. „Das erste Zeichen...", murmelte sie. „Aber wie aktivieren wir es?" „Wir müssen die Kraft des Herzens des Mondes nutzen", erklärte Kaelan und legte seine Hand auf das Zeichen. „Es wird uns leiten." Mira, Elias und Kaelan konzentrierten sich auf das Zeichen, während sie das Licht des Herzens des Mondes in ihren Händen hielten. Das Licht begann zu pulsieren und strahlte auf das Zeichen, das sich sofort zu erhellen begann. „Es funktioniert!", rief Elias, als das Zeichen immer heller wurde. „Wir müssen es weiter aktivieren!" Die Dunkelheit um sie herum schien zurückzuweichen, doch gleichzeitig spürten sie, dass die Schatten sich um den Tempel versammelten. „Die Dunkelheit ist nicht weit!", warnte Kaelan. „Wir müssen schnell sein!" Mira konzentrierte sich und ließ das Licht des Herzens in das Zeichen strömen. „Für die Blutlinie!", rief sie und spürte, wie das Licht intensiver wurde. Plötzlich hörten sie das Heulen der Werwölfe und das Grollen von Nyx, die aus den Schatten auf sie zuschoss. „Ihr könnt das Zeichen nicht aktivieren!", schrie sie und schickte eine Welle der Dunkelheit in ihre Richtung. „Haltet durch!", rief Elias, während er sich schützend vor Mira stellte. „Wir müssen es schaffen!" Das Zeichen begann zu pulsieren, und die Dunkelheit wankte. Doch Nyx war nicht bereit aufzugeben. „Ihr werdet niemals gewinnen!", knurrte sie, während sie sich näherte. Gerade als das Licht des ersten Zeichens durch den Raum strömte und die Dunkelheit zurückdrängte, spürte Mira, wie ein kalter Wind durch den Tempel fegte. Die Schatten um sie herum begannen zu flüstern, und die Wände schienen sich zu verengen. „Mira!", rief Elias verzweifelt, während er versuchte, die Dunkelheit von ihr abzuhalten. „Halt durch!" „Ich... ich kann es nicht aufhalten!", stammelte Mira, während die Dunkelheit sie weiter zu erdrücken drohte. Plötzlich ergriff ein Schatten ihre Hand und zog sie in die Finsternis. „Ihr glaubt, ihr könnt die Dunkelheit besiegen?", schrie Nyx, während sie mit einem bösartigen Lächeln näher trat. „Ich werde alles tun, um zu verhindern, dass das Zeichen aktiviert wird!" Mira spürte, wie die Dunkelheit sie durchdrang, und der Schmerz schnitt durch ihren Körper. „Wir müssen das Zeichen aktivieren!", rief Kaelan, der seine Hände auf das Zeichen legte. „Die Dunkelheit wird uns nicht aufhalten!" Doch als sie sich konzentrierten, hörten sie ein tiefes Grollen, das den Tempel erschütterte. Die Schatten begannen, sich zu verdichten, und eine dunkle Gestalt erhob sich aus den Tiefen des Raumes. Es war eine weitere Inkarnation der Dunkelheit, größer und bedrohlicher als zuvor, mit glühenden Augen, die wie Feuer brannten. „Ich bin der Schatten des Vergessens, und ich werde euch nicht entkommen lassen!", knurrte die Gestalt und streckte ihre Hände aus, um eine Welle der Dunkelheit zu entfesseln. „Haltet durch!", rief Elias und stellte sich schützend vor Mira. Doch die Dunkelheit um sie herum wurde überwältigend, und das Licht des Zeichens begann zu flackern. „Es ist zu spät!", fletschte Nyx, während die Dunkelheit sie umschloss und die Verbindung zum ersten Zeichen zu zerreißen drohte. „Ihr werdet nie das Licht sehen!" In diesem Moment spürte Mira, wie die Dunkelheit sie ergriff und in einen Strudel aus Schatten zog. „Nein!", schrie sie, während die Dunkelheit sie verschlang. „Wir müssen kämpfen!" Aber die Dunkelheit wurde lauter, und der Schatten des

Vergessens näherte sich mit der Macht der Finsternis. Was würde mit den Auserwählten geschehen? Würden sie die Dunkelheit besiegen können, oder war dies der Beginn des endgültigen Untergangs?

**Kapitel 9: Ein Blick in die Vergangenheit!**

Mira fühlte, wie die Dunkelheit sie umschloss, und der Schmerz schnitt tief in ihr Herz. Sie schloss die Augen und versuchte, sich zu konzentrieren, während die Schatten sie in die Finsternis zogen. Doch plötzlich spürte sie einen Ruck, und die Dunkelheit um sie herum begann, sich aufzulösen. „Mira!", hörte sie Elias' Stimme in der Ferne. „Halt durch!" „Ich... ich kann nicht...", murmelte sie, als die Dunkelheit sie fest umklammerte. Aber in diesem Moment geschah etwas Unerwartetes. Ein strahlendes Licht durchbrach die Schatten, und sie fand sich in einem anderen Raum wieder, umgeben von sanften Klängen und leuchtenden Farben. „Wo sind wir?", fragte sie atemlos und sah sich um. Die Luft war warm und erfüllt von einem süßlichen Duft, der an blühende Blumen erinnerte. „Das ist der Ort der Erinnerungen", erklärte eine sanfte Stimme. Aelira trat aus den Schatten, ihr Gesicht war von einem beruhigenden Lächeln erhellt.

„Hier könnt ihr einen Blick in die Vergangenheit werfen und die Geheimnisse eurer Blutlinie entdecken." „Die Vergangenheit?", wiederholte Kaelan, während er sich umblickte. „Was bedeutet das für uns?" „Die Dunkelheit hat ihre Wurzeln in der Vergangenheit", erklärte Aelira. „Um sie zu besiegen, müsst ihr verstehen, was einst geschehen ist. Ihr müsst die Geheimnisse der Blutlinie entschlüsseln." „Wie funktioniert das?", fragte Mira neugierig. „Was müssen wir tun?" „Lasst eure Herzen sprechen und folgt dem Licht", sagte Aelira, während sie ihre Hand ausstreckte. Ein sanfter Lichtstrahl schwebte vor ihnen und schien sie in eine bestimmte Richtung zu führen. „Folgt dem Licht", flüsterte Aelira und verschwand in den Schatten. „Ihr werdet die Antworten finden, die ihr sucht." Mira, Elias und Kaelan traten dem Licht nach, das sie durch einen leuchtenden Tunnel führte. Die Wände des Tunnels schimmerten in verschiedenen Farben und schienen die Erinnerungen der Vergangenheit widerzuspiegeln. Als sie weitergingen, hörten sie leise Stimmen und das Flüstern von uralten Geheimnissen. „Was ist das?", fragte Elias und sah sich um. „Hört ihr das?" „Es sind die Stimmen der Vorfahren", antwortete Mira. „Sie erzählen von der Vergangenheit." Plötzlich öffnete sich der Tunnel, und sie fanden sich in einer prächtigen Halle wieder, die mit goldenen Verzierungen und leuchtenden Kristallen geschmückt war. An den Wänden hingen Bilder von Vampiren, die anmutig durch die Zeit schritten, und die Atmosphäre war erfüllt von einem Gefühl der Macht und des Wissens. „Das ist der große Rat der Vampire", flüsterte Kaelan und zeigte auf ein riesiges Bild, das die Versammlung der ältesten Vampire darstellte. „Hier wurden die ersten Pakte geschmiedet." „Schaut!", rief Mira, als sie ein weiteres Bild entdeckte. Es zeigte eine mächtige Königin, die von einer Aura des Lichts umgeben war. „Das muss die Königin der Blutlinie sein!" „Wir sollten herausfinden, was mit ihr geschehen ist", sagte Elias und trat näher an das Bild heran. „Vielleicht können wir ihre Weisheit nutzen." Gerade als sie die Details des Bildes studierten, hörten sie ein tiefes Grollen, das durch die Halle hallte. Die Wände begannen zu zittern, und das Licht um sie herum flackerte. „Was ist das?", fragte Mira besorgt. „Die Dunkelheit!", rief Kaelan. „Sie versucht, uns zu stoppen! Wir müssen schnell handeln!" Mira schloss die Augen und konzentrierte sich auf das Licht des Herzens des Mondes, das in ihrer Tasche pulsierte. „Das Licht wird uns führen!", rief sie und streckte ihre Hände aus. „Für die Blutlinie!" Ein sanfter Lichtstrahl brach durch die Dunkelheit und erleuchtete die Halle. Plötzlich erschienen Bilder an den Wänden, die die Geschichte der Blutlinie erzählten. Sie zeigten die Kriege, die sie geführt hatten, die Allianzen, die sie geschmiedet hatten, und die Dunkelheit, die sie einst besiegt hatten. „Das ist unglaublich!", rief Elias und betrachtete die Bilder. „Wir müssen die Geheimnisse entschlüsseln!" „Hier!", rief Kaelan und zeigte auf ein Bild, das eine Zeremonie darstellte, in der die Königin der Blutlinie mit ihren Anhängern sprach. „Sie spricht von der Macht des Lichts und der Dunkelheit. Wir müssen verstehen, was sie sagt!" Die Worte der Königin schwebten durch die Halle. „Die Dunkelheit wird immer versuchen, euch zu verleiten. Ihr müsst stark sein und an euch glauben. Nur so könnt ihr die Dunkelheit besiegen." Mira fühlte sich von den Worten der Königin inspiriert. „Wir können das schaffen! Wir müssen die Kraft der Blutlinie nutzen!" „Ja!", rief Elias. „Wir sind die Auserwählten!" Doch plötzlich bemerkten sie, dass die Dunkelheit sich um sie schloss. „Die Dunkelheit wird euch nicht entkommen lassen!", hallte eine Stimme durch die Halle, und Nyx trat aus den Schatten hervor. „Ihr glaubt, ihr könnt die Geheimnisse des Tempels entschlüsseln?", fletschte sie. „Ich werde euch aufhalten!" Die Dunkelheit um sie herum wurde dichter, und Mira spürte, wie die Angst in ihr aufstieg. „Wir müssen das Licht aktivieren!", rief sie und hob die Hände. „Für die Blutlinie!" „Lasst uns die Kraft des Herzens des Mondes nutzen!", schrie Elias und stellte sich schützend vor Mira. „Wir werden nicht aufgeben!" Die Dunkelheit wankte, als das Licht der

Auserwählten durch den Raum strömte. Doch Nyx war entschlossen, sie aufzuhalten. „Ihr werdet niemals die Dunkelheit besiegen!", schrie sie und sandte eine Welle der Finsternis in ihre Richtung. Mira fühlte, wie das Licht um sie herum flackerte, aber sie wusste, dass sie kämpfen musste. „Wir sind die Auserwählten!", rief sie und konzentrierte sich auf das Licht. „Kommt zu uns!" Die Dunkelheit wankte, aber Nyx war immer noch stark. „Ihr seid nichts ohne die Dunkelheit!", fletschte sie und griff erneut an. „Haltet durch!", rief Kaelan und versuchte, die Dunkelheit zurückzudrängen. „Wir müssen die Erinnerungen aktivieren!" Die Gruppe konzentrierte sich auf die Bilder an den Wänden, und das Licht begann, sich zu intensivieren. „Für die Blutlinie!", riefen sie im Einklang. Doch während sie kämpften, spürten sie, wie die Dunkelheit um sie herum wuchs. „Das Licht wird euch nicht retten!", knurrte Nyx und schickte einen weiteren Schattenstrahl in ihre Richtung. Gerade als das Licht der Auserwählten durch den Raum strömte und die Dunkelheit zurückdrängte, spürte Mira einen gewaltigen Ruck. Die Wände der Halle begannen zu beben, und die Schatten schlossen sich um sie. „Haltet durch!", rief Elias verzweifelt, während er versuchte, Mira zu schützen. „Wir dürfen nicht aufgeben!" „Ich... ich kann nicht", stammelte Mira, als die Dunkelheit sie wieder zu erdrücken drohte.

Plötzlich wurde sie von einem kalten Griff gepackt und in die Luft gehoben. „Was passiert?" „Ihr werdet die Dunkelheit nicht besiegen!", schrie Nyx mit einem bösartigen Lächeln, während sie Mira in den Schatten zog. „Ich werde euch für immer in der Finsternis gefangen halten!" „Mira!", rief Kaelan verzweifelt, als er versuchte, sie festzuhalten. „Lass das Licht zu dir kommen!" Doch im Hintergrund hörten sie ein tiefes Grollen, als die Dunkelheit in einen gewaltigen Strudel zu münden begann. Die Wände der Halle begannen zu zerbröckeln, und die Fresken der Vergangenheit schienen sich aufzulösen. „Das Licht wird euch nicht retten!", knurrte Nyx, während sie ihre Hände erhob und einen gewaltigen Schattenstrahl entließ, der direkt auf das Zeichen zielte. In diesem Moment spürte Mira, wie die Verbindung zum ersten Zeichen schwächer wurde. „Nein!", schrie sie, während sie in die Finsternis gezogen wurde. „Wir müssen kämpfen!" Doch die Dunkelheit verschlang sie, und das Licht um sie herum erlosch. Plötzlich hörte sie eine Stimme, die aus der Finsternis drang – die Stimme der Königin der Blutlinie. „Mira, erinnere dich an die Kraft in dir. Es ist nicht zu spät!" Doch die Dunkelheit schloss sich um sie, und als alles schwarz wurde, hörte sie Nyx' Lachen, das durch die Schatten hallte. „Ihr werdet niemals die Geheimnisse der Blutlinie ergründen!" Mira schloss die Augen und fühlte, wie die Dunkelheit sie ergriff.

„Wenn du aufgibst, wird alles verloren sein!", flüsterte die Stimme der Königin. Aber die Dunkelheit wurde lauter, und das Licht verschwand. Würden sie die Dunkelheit besiegen können, oder war dies der endgültige Untergang der Blutlinie?

**Kapitel 10: Die Bedrohung erwacht!**

Mira schloss die Augen und fühlte, wie die Dunkelheit sie umschloss, während die Stimme der Königin in ihrem Kopf widerhallte. „Es ist nicht zu spät, Mira. Du musst an die Stärke in dir glauben!" Plötzlich durchbrach ein grelles Licht die Schatten, und Mira fand sich in einem anderen Raum wieder. Das Licht war so intensiv, dass sie die Augen zusammenkneifen musste. Als sie sich umblickte, erkannte sie, dass sie sich in einer alten Kammer befand, die mit mystischen Symbolen und vergoldeten Artefakten gefüllt war. Elias und Kaelan standen neben ihr, beide mit einem Ausdruck der Erleichterung auf ihren Gesichtern. „Wo sind wir?", fragte Elias und sah sich um. „Ich glaube, wir sind in der Kammer der Erinnerungen", antwortete Mira, während sie die Artefakte betrachtete. „Hier müssen die Geheimnisse der Blutlinie verborgen sein." „Wir müssen herausfinden, was hier vor sich geht", sagte Kaelan und trat näher an einen großen, verzierten Spiegel, der an der Wand hing. „Vielleicht können wir die Antworten finden, die wir suchen." Mira trat ebenfalls näher und betrachtete den Spiegel. Er hatte eine unheimliche Aura, und die reflektierte Oberfläche schien sich ständig zu verändern. Plötzlich flackerte das Bild, und sie sah eine Szene aus der Vergangenheit. Eine große Versammlung von Vampiren, die in einer schattigen Halle saßen, während eine bedrohliche Gestalt in der Mitte stand. „Das ist Nyx!", rief Mira und deutete auf die Reflexion. „Sie sieht genauso aus wie jetzt!" „Was geschieht hier?", fragte Elias, während er die Szene näher betrachtete. „Was macht sie?" „Es sieht so aus, als würde sie die anderen Vampire manipulieren", erklärte Kaelan. „Sie spricht von der Dunkelheit und verspricht Macht, wenn sie die Kontrolle übernimmt." „Wir müssen wissen, wie sie die Dunkelheit geweckt hat", sagte Mira. „Das könnte der Schlüssel sein, um sie zu besiegen." Während sie den Spiegel betrachteten, begannen die Bilder zu fließen. Nyx sprach mit einer hypnotisierenden Stimme und überzeugte die Vampire, sich ihr anzuschließen. „Die Dunkelheit ist nicht unser Feind, sondern unser Verbündeter!" rief sie. „Lasst uns die Macht annehmen, die uns zusteht!" Mira beobachtete entsetzt, wie einige der Vampire in den Schatten übertraten und sich Nyx anschlossen.

„Wir müssen herausfinden, was als Nächstes geschah", flüsterte sie und konzentrierte sich auf den Spiegel. Die Szene wechselte, und sie sah einen weiteren großen Kampf zwischen den Vampiren und den Kreaturen der Dunkelheit. „Das war der Krieg, von dem die Legenden erzählen!", rief Elias. „Sie haben Nyx besiegt und die Dunkelheit zurückgedrängt." „Aber es war nicht genug", murmelte Kaelan, als er die Traurigkeit in den Augen der überlebenden Vampire sah. „Sie konnte sich wieder erheben. Wir müssen herausfinden, wie wir das verhindern können."

„Schaut!", rief Mira und deutete auf eine neue Bildszene. Es zeigte die Königin der Blutlinie, die mit einer Gruppe von Vampiren in einer Zeremonie stand. „Sie spricht von einem Pakt, den sie geschlossen hat, um die Dunkelheit zu bannen." „Das könnte der Schlüssel sein!", sagte Elias. „Wir müssen diesen Pakt finden und herausfinden, wie wir ihn erneuern können." Doch während sie weiter auf die Bilder starrten, spürte Mira plötzlich einen kalten Wind, der durch den Raum wehte. „Die Dunkelheit ist nicht weit!", rief Kaelan und sah sich um. „Wir müssen uns beeilen!" „Wir müssen das Licht aktivieren!", rief Mira und hob das Herz des Mondes in die Luft. „Lasst uns die Kraft der Blutlinie nutzen!" Der Raum begann zu beben, und die Schatten schienen lebendig zu werden. Mira spürte, wie die Dunkelheit sie umschloss und die

Bilder im Spiegel zu flackern begannen. „Schnell! Wir müssen das Licht aktivieren, bevor es zu spät ist!" Die Gruppe konzentrierte sich auf das Herz des Mondes, und das Licht begann zu pulsieren. „Für die Blutlinie!", riefen sie im Einklang und ließen das Licht durch den Raum strömen. Doch die Dunkelheit war schneller. Plötzlich brach Nyx aus dem Schatten hervor, umgeben von einem Sturm aus Finsternis. „Ihr glaubt, ihr könnt mich aufhalten?", schrie sie und streckte ihre Hände aus, um eine Welle der Dunkelheit zu entlassen. „Haltet durch!", rief Elias und stellte sich schützend vor Mira. „Wir müssen das Licht aktivieren!" Mira spürte den Druck der Dunkelheit auf ihrer Brust, und der Raum begann zu zerbröckeln. „Ich kann nicht aufgeben!", rief sie und konzentrierte sich auf das Licht des Herzens des Mondes. „Für die Blutlinie!" Die Dunkelheit wankte, als das Licht intensiver wurde, aber Nyx war nicht bereit aufzugeben. „Ihr werdet niemals die Geheimnisse der Blutlinie ergründen!", fletschte sie und sandte einen weiteren Schattenstrahl in ihre Richtung. „Wir müssen die Erinnerungen aktivieren!", rief Kaelan, während er versuchte, die Dunkelheit zurückzudrängen. „Die Königin wusste, wie man die Dunkelheit besiegt!" Gerade als das Licht die Dunkelheit zerschlug, begann der Spiegel zu leuchten. Aus dem Licht formte sich das Bild der Königin der Blutlinie, die in der Zeremonie stand. „Ihr müsst an euch glauben!", rief sie und ihre Stimme hallte durch den Raum. „Das ist es!", rief Elias. „Wir müssen an den Pakt glauben, den sie geschlossen hat!" Doch in diesem Moment hörten sie ein tiefes Grollen, und die Dunkelheit um sie herum begann, sich zu verdichten. Die Schatten schienen sich zu verdoppeln, und ein gewaltiges Wesen, das aus den tiefsten Abgründen der Dunkelheit hervorging, tauchte auf. „Ich bin das Echo der Dunkelheit!", knurrte das Wesen, während es sich zwischen Mira und der Königin stellte. „Ich werde verhindern, dass ihr die Wahrheit erfahrt!" Mira spürte, wie die Dunkelheit sie erneut zu erdrücken begann. „Wir dürfen nicht aufgeben!", rief sie und konzentrierte sich auf das Licht des Herzens des Mondes. „Für die Blutlinie!" Doch die Dunkelheit wurde lauter, und das Echo der Dunkelheit schickte eine Welle der Finsternis in ihre Richtung. Mira fühlte, wie die Kraft in ihr schwächer wurde, während die Dunkelheit näher kam. „Haltet durch!", rief Elias verzweifelt, während er versuchte, Mira zu schützen. „Wir müssen das Licht aktivieren!" Doch die Dunkelheit um sie schloss sich zusammen, und Mira spürte, wie ihre Verbindung zur Königin der Blutlinie abbrach. „Nein!", schrie sie, als die Dunkelheit sie wieder zu erdrücken drohte. „Wir müssen kämpfen!" Plötzlich spürte Mira, wie die Dunkelheit sie packte und in die Finsternis zog. „Ihr werdet die Dunkelheit nicht besiegen!", schrie das

Echo und hüllte sie in einen Strudel aus Schatten. „Ich werde euch für immer in der Finsternis gefangen halten!" „Mira!", rief Kaelan verzweifelt, während er versuchte, sie festzuhalten. „Halt durch!" Doch die Dunkelheit um sie herum wurde überwältigend, und das Licht begann zu flackern. Mira konnte die Stimmen der Vergangenheit hören, die um sie herum tanzten. „Wenn du aufgibst, wird alles verloren sein!" In diesem Moment spürte sie, wie die Dunkelheit sie ergriff und die Verbindung zu ihrem Licht abbrach. „Nein!", schrie sie, als sie in die Schatten gezogen wurde. Doch plötzlich fühlte sie, wie eine andere Kraft in ihr erwachte – eine unerwartete Energie, die aus den Tiefen ihrer Seele strömte. „Das Licht kann nicht erlöschen!", rief sie mit neu gefundener Stärke und ließ das Herz des Mondes in ihren Händen erstrahlen. Ein blinder Lichtstrahl brach durch die Dunkelheit und erhellte den Raum. Doch während das Licht aufblitzte, bemerkte Mira, dass Nyx und das Echo der Dunkelheit in einer unheimlichen Allianz verschmolzen. „Ihr habt die Dunkelheit nur verstärkt!", flüsterte Nyx mit einem teuflischen Lächeln. „Die wahre Bedrohung hat sich nun entfaltet. Wir sind eins!" Mira starrte entsetzt auf die vereinte Dunkelheit, die sich vor ihnen auftürmte. „Was bedeutet das?" „Ihr werdet nicht nur gegen die Dunkelheit kämpfen, sondern auch gegen die Schatten eurer eigenen Vergangenheit!", schrie das

Echo, während die Dunkelheit sie umschloss und die Wände der Kammer zu zerbröckeln begannen. „Mira, pass auf!", rief Elias und versuchte, sie zurückzuhalten, während das Licht um sie herum zu erlöschen drohte. Doch die Dunkelheit war schneller und schloss sich um Mira, während sie in die Finsternis gezogen wurde. Die letzten Worte, die sie hörte, waren das unheilvolle Lachen von Nyx, das durch den Raum hallte. „Willkommen in der Dunkelheit!" Würden sie die Dunkelheit besiegen können, oder war dies der Beginn eines neuen, schrecklichen Kapitels in ihrer Geschichte?

**Kapitel 11: Freunde oder Feinde?**

Mira spürte, wie die Dunkelheit sie umschloss und sie in den strudelnden Schatten gefangen hielt. „Es ist nicht zu spät!", flüsterte sie und versuchte, sich auf das Licht des Herzens des Mondes zu konzentrieren. Der Gedanke an Elias und Kaelan gab ihr den Mut, sich gegen die Dunkelheit zu wehren. Doch die Umarmung der Schatten war stark und drückend. „Mira!", hörte sie Elias' Stimme in der Ferne. „Halt durch!" „Ich versuche es!", rief sie zurück, während die Dunkelheit sie weiter in die Finsternis zog. Doch in diesem Moment spürte sie, wie eine andere Kraft in ihr erwachte – eine unermüdliche Entschlossenheit, die sie an ihre Freunde band. Plötzlich öffnete sich ein Lichtschimmer, und Mira fand sich in einer weiten, leeren Landschaft wieder, die von Nebel umhüllt war. Um sie herum standen viele Gestalten, und sie konnte die vertrauten Gesichter von Elias und Kaelan erkennen. Sie waren nicht allein. „Wo sind wir?", fragte Kaelan, verwirrt. „Was ist passiert?" „Ich glaube, wir befinden uns in einer Zwischenwelt", antwortete Mira und sah sich um. „Aber wir müssen herausfinden, wie wir hierher gekommen sind und wie wir zurückkehren können." „Das Echo der Dunkelheit hat uns hierher gebracht", murmelte Elias, während er die Schatten beobachtete, die um sie herum tanzten. „Wir müssen uns beeilen. Wenn Nyx und das Echo hierher kommen, sind wir verloren." Die Gruppe begann, durch die nebelige Landschaft zu gehen, stets auf der Hut vor den drohenden Schatten. Die Atmosphäre war angespannt, und Mira konnte das Gefühl nicht abschütteln, dass sie beobachtet wurden. „Seht ihr das?", sagte Kaelan plötzlich und deutete auf eine Gruppe von Gestalten, die sich am Rande des Nebels bewegten. „Es könnte gefährlich sein." „Wir sollten uns verstecken", flüsterte Elias und zog Mira und Kaelan in den Schatten eines großen Baumes. „Wir müssen herausfinden, wer sie sind, bevor wir eine

Entscheidung treffen." Die Gestalten traten näher, und Mira erkannte, dass es sich um eine Gruppe von Vampiren handelte. Sie schienen in einen hitzigen Streit verwickelt zu sein. „Wir müssen die Auserwählten finden!", rief einer von ihnen, ein großer Vampir mit blutroten Augen. „Wenn wir sie nicht aufhalten, wird die Dunkelheit über uns herrschen!" „Aber was ist mit dem Pakt?", fragte eine andere Vampirin, die nervös um sich sah. „Wir dürfen die Königin nicht enttäuschen!" Mira und ihre Freunde lauschten gebannt. „Sie sprechen von uns", flüsterte Mira. „Sie müssen die Vampire sein, die mit der Königin der Blutlinie verbunden sind." „Wollen wir uns zeigen?", fragte Elias, seine Stimme kaum hörbar. „Es könnte gefährlich sein", erwiderte Kaelan. „Aber wir müssen wissen, ob sie uns helfen oder uns schaden wollen." „Wir haben keine Wahl", sagte Mira entschlossen. „Wir müssen herausfinden, wer sie sind." Mit einem tiefen Atemzug traten sie aus dem Schatten und in das Licht der Gruppe. Die Vampire drehten sich um, und ihre Augen weiteten sich überrascht. „Wer seid ihr?", fragte der große Vampir, der zuvor gesprochen hatte. „Was wollt ihr hier?" „Wir sind die Auserwählten", antwortete Mira mit fester Stimme. „Wir sind hier, um die Dunkelheit zu besiegen und den Pakt zu erneuern." Die Vampire schauten sich skeptisch an. „Die Auserwählten?", wiederholte der große Vampir. „Wir haben von euch gehört, aber wie können wir sicher sein, dass ihr nicht im Bunde mit Nyx steht?" „Wir kämpfen gegen die Dunkelheit, genau wie ihr!", rief Elias. „Wir haben das Licht des Herzens des Mondes bei uns!" „Das Licht?", fragte die nervöse Vampirin. „Das ist unsere einzige Hoffnung!" „Wir müssen zusammenarbeiten", sagte Kaelan. „Nur so können wir die Dunkelheit besiegen." Doch der große Vampir schüttelte den Kopf. „Die Dunkelheit hat uns gespalten. Viele von uns glauben, dass die Auserwählten eine Falle sind!" „Was?", rief Mira entsetzt. „Wir sind nicht eure Feinde!" „Ihr könnt uns nicht trauen, solange wir nicht wissen, was mit der Königin geschehen ist", sagte eine weitere Vampirin, während der Nebel um sie herum dichter wurde. Mira spürte, wie die Anspannung in der Luft wuchs. „Wir müssen die Königin finden!", rief sie, entschlossen, die Vampire zu überzeugen. „Sie ist der Schlüssel zum Pakt!" „Und wenn ihr uns nur in die Dunkelheit führt?", fragte der große Vampir misstrauisch. „Wir können nicht riskieren, unsere letzten Kämpfer zu verlieren." „Was, wenn wir euch helfen könnten, die Königin zu finden?", schlug Kaelan vor. „Wir wissen, wo die Dunkelheit ist, und wir können zusammenarbeiten!" Die Vampire sahen einander an, und ein Gefühl der Unsicherheit breitete sich aus. „Wir müssen das Risiko abwägen", sagte die nervöse Vampirin. „Aber wir können nicht einfach so vertrauen." „Wir sind bereit, alles zu riskieren, um die Dunkelheit zu besiegen", sagte Elias eindringlich. „Aber wir brauchen eure Hilfe." Eine lange Stille folgte, während die Vampire über die Worte der Auserwählten nachdachten. Schließlich trat der große Vampir näher. „Wenn wir euch helfen, muss es einen Plan geben. Wir können nicht zulassen, dass die Dunkelheit über uns herrscht." „Wir müssen uns in die Dunkelheit wagen", sagte Mira. „Wir müssen die Königin finden, bevor es zu spät ist." In diesem Moment ertönte ein grollendes Geräusch, und der Nebel um sie herum begann sich zu verdichten. „Was ist das?", rief Kaelan, während er sich umblickte. „Die Dunkelheit kommt!", rief der große Vampir und zog seine Waffe. „Wir müssen uns vorbereiten!" Plötzlich tauchten aus dem Nebel schemenhafte Gestalten auf – eine Armee von Schatten, die auf sie zustürmte. „Nyx hat uns gefunden!", schrie die nervöse Vampirin. Mira spürte, wie das Herz des Mondes in ihrer Tasche zu pulsieren begann. „Wir müssen jetzt handeln!", rief sie und hob das Licht in die Luft. „Für die Blutlinie!" Doch als die Schatten näher kamen, sah sie zu ihrem Entsetzen, dass unter ihnen auch vertraute Gesichter waren – Vampire, die früher mit ihnen gekämpft hatten, aber nun von der Dunkelheit besessen schienen. „Was ist mit ihnen geschehen?", flüsterte Elias, während er zurückwich. „Sind das Freunde oder Feinde?" Die Schatten erreichten sie und umschlossen die Gruppe, während Mira in die verzweifelten Augen der Vampire sah, die einst an ihrer Seite gekämpft hatten. „Wir müssen herausfinden, ob wir die Dunkelheit besiegen oder ob sie uns besiegen wird!" Als die Dunkelheit sie umhüllte, spürte Mira, dass die Entscheidung, die sie treffen mussten, nicht nur über ihr Schicksal, sondern auch über das Schicksal der gesamten Blutlinie entscheiden würde.

**Kapitel 12: Die Nacht der Enthüllungen!**

Die Dunkelheit umhüllte Mira, Elias und Kaelan wie ein erdrückender Mantel. Die vertrauten Gesichter der Vampire, die einst an ihrer Seite gekämpft hatten, waren nun zu feindlichen Schatten geworden, die von Nyx' Einfluss besessen waren. Mira fühlte das Herz des Mondes in ihrer Tasche pulsiert, als sie versuchte, sich zu konzentrieren und das Licht zu aktivieren, um die Dunkelheit zurückzudrängen. „Haltet zusammen!", rief Elias, während er sich schützend vor Mira stellte. „Wir dürfen nicht aufgeben!" „Wir müssen die Königin finden!", rief Kaelan, der versuchte, die Gruppe zu formieren. „Sie ist unser einziger

Hoffnungsschimmer!" Die Schatten näherte sich, und Mira spürte, wie die Finsternis um sie herum drängte. „Wir müssen das Licht aktivieren!", rief sie und hob das Herz des Mondes in die Höhe. „Für die Blutlinie!" Ein strahlendes Licht brach aus dem Herzen des Mondes hervor und erhellte die Dunkelheit um sie. Die besessenen Vampire wankten zurück, und der große Vampir, der sie zuvor misstrauisch betrachtet hatte, schrie: „Das Licht! Es ist unser einzige Hoffnung!" Doch in diesem Moment ertönte ein tiefes Grollen aus dem Nebel, und eine neue, noch bedrohlichere Gestalt erschien. Nyx trat hervor, ihre Augen glühten vor Wut. „Ihr glaubt, ihr könnt das Licht gegen die Dunkelheit verwenden?", fletschte sie. „Ihr seid verloren!" Die Dunkelheit schien sich um Nyx zu versammeln, und das Echo der Dunkelheit erhob sich hinter ihr. „Die Auserwählten sind schwach!", knurrte das Echo mit einer Stimme, die wie ein tiefes Grollen klang. „Sie können die Dunkelheit nicht aufhalten!" „Wir sind nicht schwach!", rief Mira, während das Licht des Herzens des Mondes noch heller strahlte. „Wir werden gegen die Dunkelheit kämpfen!" Nyx lachte schallend. „Ihr wisst nicht, gegen wen ihr kämpft! Die Dunkelheit ist Teil von euch – Teil der Blutlinie!" Mira spürte ein Zittern in ihrem Inneren und fragte sich, was Nyx damit meinte. „Was meinst du damit?", fragte sie, während sich ihre Stimme festigte. „Wir sind die Auserwählten!"

„Die Auserwählten sind nicht nur die Helden dieser Geschichte", sagte Nyx kalt. „Sie sind auch die Nachkommen der ersten Vampire, die sich mir angeschlossen haben. Eure Vergangenheit ist mit meiner verwoben!" Elias sah Mira besorgt an. „Das kann nicht wahr sein!" „Oh, aber es ist wahr", entgegnete Nyx mit einem schadenfrohen Lächeln. „Mira, du bist die Erbin einer Blutlinie, die einst die Dunkelheit umarmt hat. Der Pakt, den die Königin geschlossen hat, war nicht nur eine Unterwerfung – es war eine Verbindung. Ihr könnt nicht entkommen!" Die Dunkelheit um sie herum war erdrückend, und Mira fühlte, wie ihre Kräfte schwanden. „Das Licht wird euch nicht retten!", rief Nyx und schickte eine Welle der Finsternis auf sie. „Die Schatten werden euch verschlingen!" Mira konzentrierte sich und ließ das Herz des Mondes strahlen, doch die Dunkelheit um sie wurde stärker. „Wir müssen die Königin finden und den Pakt erneuern!", rief Kaelan und versuchte, sie zusammenzuhalten. „Sie ist hier!", rief Elias und deutete auf eine Gestalt, die im Nebel auftauchte. Es war die Königin der Blutlinie, aber sie schien nicht so, wie sie sie in Erinnerung hatten. Ihr Gesicht war von Schmerz und Trauer gezeichnet. „Die Dunkelheit hat mich gebunden", erklärte die Königin mit schwacher Stimme. „Ich kann euch nicht helfen, solange diese Verbindung besteht." „Mira, du musst herausfinden, was die Königin weiß!", rief Elias. „Sie ist unser einziger Hoffnungsschimmer!" Mira trat näher und sah in die Augen der Königin. „Bitte, sag uns, was wir tun müssen! Wir müssen die Dunkelheit besiegen!" Die Königin sah Mira an und murmelte: „Die Dunkelheit ist nicht nur ein Feind; sie ist ein Teil von uns. Um sie zu besiegen, musst du die Wahrheit über deine Blutlinie akzeptieren." „Was meinst du damit?", fragte Mira verwirrt. „Du musst die Entscheidung treffen – zwischen Licht und Dunkelheit", sagte die Königin und ihre Stimme wurde immer schwächer. „Nur so kannst du die Macht der Blutlinie aktivieren." Mira spürte, wie der Druck der Dunkelheit um sie herum stärker wurde. Sie musste eine Entscheidung treffen, und zwar schnell. „Ich kann das nicht alleine tun!", rief sie verzweifelt. „Ich brauche eure Hilfe!" „Mira, du bist stark!", rief Elias. „Vertraue auf das Licht, das in dir brennt!" „Hör auf die Königin!", fügte Kaelan hinzu. „Sie weiß, was zu tun ist!" Die Dunkelheit schien die Worte ihrer Freunde zu verstärken, und Mira fühlte eine Welle der Entschlossenheit in sich aufsteigen. Sie wusste, dass sie die Dunkelheit nicht einfach ignorieren konnte. Sie musste sich ihr stellen und die Wahrheit akzeptieren. „Ich werde die Dunkelheit annehmen!", rief sie. „Ich werde die Wahrheit meiner Blutlinie akzeptieren!" Plötzlich brach ein grelles Licht aus dem Herzen des Mondes hervor und umhüllte sie. Die

Dunkelheit wankte, und die Schatten begannen, sich zurückzuziehen. „Was geschieht hier?", rief Nyx, während sie zurückwischte. „Das Licht wird die Dunkelheit zerstören!", rief Mira. „Ich werde die Vergangenheit annehmen und die Dunkelheit besiegen!" Doch während das Licht intensiver wurde, spürte Mira, wie eine neue Wahrheit sich in ihrem Geist formte – eine Erinnerung, die tief in ihr verborgen war. Sie sah Bilder von Vampiren, die sich Nyx angeschlossen hatten, und von den schrecklichen Entscheidungen, die sie getroffen hatten. „Das ist nicht nur ein Kampf gegen die Dunkelheit", flüsterte sie. „Es ist ein Kampf gegen uns selbst!" In diesem Moment riss der Nebel auf, und Mira fand sich in einem verzweifelten Kampf wieder. Die Dunkelheit um sie herum war zurückgekehrt, und Nyx stand direkt vor ihr, ihre Augen brannten vor Zorn. „Du glaubst, du kannst die Dunkelheit besiegen?", schrie sie. „Du bist ein Teil von mir!" Die Schatten schlossen sich um Mira, und sie spürte, wie die Dunkelheit in ihr wuchs. „Nein!", schrie sie und versuchte, sich zu befreien. Doch die Dunkelheit war stärker als je zuvor. „Mira, halt durch!", rief Elias, während er verzweifelt versuchte, die Dunkelheit zurückzudrängen. „Wir sind bei dir!" Doch die Dunkelheit verschlang die Gruppe, und Mira fühlte, wie die Verbindung zu ihren Freunden schwand. „Wir müssen die Dunkelheit besiegen!", schrie sie, doch ihre Stimme wurde von der Finsternis übertönt. Plötzlich durchbrach ein grelles Licht die Schatten, und Mira sah, dass die Königin der Blutlinie neben ihr erschienen war. „Die Dunkelheit kann nur besiegt werden, wenn du die Wahrheit deiner Herkunft akzeptierst!", rief die Königin. „Ich bin bereit!", rief Mira, während sich das Licht um sie herum intensivierte. Doch in dem Moment, als sie sich entschloss, die Dunkelheit zu konfrontieren, geschah etwas Unerwartetes. Ein Riss öffnete sich im Nebel, und aus ihm trat eine schattenhafte Gestalt, die Mira nur zu gut kannte – eine vertraute, aber veränderte Version von sich selbst. „Du kannst nicht entkommen, Mira", flüsterte die Schattenversion mit ihrer eigenen Stimme. „Wir sind eins. Du kannst die Dunkelheit nicht besiegen, ohne mich zu akzeptieren." Mira starrte entsetzt auf ihre Doppelgängerin. „Was... was bist du?" „Ich bin die Dunkelheit, die in dir schlummert", antwortete die Schattenversion. „Und ich werde dich für immer festhalten, es sei denn, du entscheidest dich, mich anzunehmen." In diesem entscheidenden Moment stand Mira zwischen Licht und Dunkelheit, zwischen ihrer Vergangenheit und ihrer Zukunft. Was würde sie wählen? Würde sie sich der Dunkelheit ergeben oder sich dem Licht zuwenden? Der Nebel begann, sich um sie zu schließen, und das Licht flackerte. Was würde mit Mira und ihren Freunden geschehen? Würde sie die Dunkelheit besiegen, oder war dies der Beginn einer neuen, düsteren Ära?

## **Kapitel 13: Die Flucht ins Verborgene!**

Mira fühlte, wie die Dunkelheit sie umhüllte, kalt und erdrückend. Der letzte Schimmer des Lichts, der aus dem Herzen des Mondes strahlte, verschwand, als die Schatten sie in ihren Bann zogen. „Halt durch, Mira!", hörte sie Elias' Stimme in der Ferne, die langsam verblasste. „Wir sind hier!" Doch die Dunkelheit war überwältigend, und Mira spürte, wie die Verbindung zu ihren Freunden brüchig wurde. Die Erinnerung an die Königin und die Worte von Nyx hallten in ihrem Kopf wider. „Die Dunkelheit ist ein Teil von dir..." „Nein!", schrie Mira, während sie versuchte, gegen die Dunkelheit anzukämpfen. „Ich werde nicht aufgeben!" Ein plötzlicher Lichtblitz durchbrach die Schatten, und Mira fand sich in einer anderen Dimension wieder – einer weitläufigen, nebligen Landschaft, die von einem geheimnisvollen Licht durchzogen war. Um sie herum stand Elias, der sie mit besorgtem Blick anstarrte. „Mira!", rief er und trat näher. „Bist du in Ordnung?" „Ich... ich glaube schon", antwortete Mira, während sie sich umblickte. „Was ist hier passiert? Wo sind wir?"

„Ich denke, wir sind in einem sicheren Raum", sagte Kaelan und schaute sich um. „Aber die Dunkelheit ist nicht weit. Wir müssen hier raus!" „Die Schatten sind überall!", flüsterte Mira und spürte das Ziehen der Dunkelheit in der Ferne. „Wir müssen einen Weg finden, um die Dunkelheit hinter uns zu lassen." Die Gruppe begann, sich durch die neblige Landschaft zu bewegen, immer auf der Hut vor den drohenden Schatten. Die Atmosphäre war angespannt, und Mira spürte, wie ihre Gedanken rasend schnell umherwirbelten. „Wir müssen herausfinden, wie wir hierher gekommen sind", sagte sie. „Und wie wir die Dunkelheit besiegen können." „Vielleicht gibt es hier etwas, das uns helfen kann", schlug Elias vor. „Etwas, das uns den Weg zurück zeigt." „Wir müssen nach einem Ort suchen, an dem das Licht stärker ist als die Dunkelheit", fügte Kaelan hinzu. „Das könnte uns die Antwort geben, die wir brauchen." Mira nickte und spürte das Herz des Mondes in ihrer Tasche pulsieren. Es war schwächer als zuvor, aber sie wusste, dass es noch Hoffnung gab. „Lasst uns weitergehen!" Sie gingen tiefer in die neblige Landschaft, während der Nebel um sie herum dichter wurde. Plötzlich hörten sie ein Geräusch – ein leises Flüstern, das durch die Stille schnitt. „Was war das?", fragte Elias und hielt an. „Ich weiß nicht", antwortete Mira, während sie sich umsah. „Es klingt... vertraut." „Es könnte die Dunkelheit sein, die uns verfolgt", warnte Kaelan. „Wir sollten uns beeilen!" Doch die Neugier ließ Mira nicht los. „Wartet!", rief sie und folgte dem Flüstern, das immer lauter wurde. „Ich muss wissen, was das ist!" Als sie näher kamen, entdeckten sie eine kleine Lichtung, umgeben von alten Bäumen. In der Mitte stand ein großer Stein mit mystischen Symbolen, die im Licht pulsierte. Das Flüstern wurde zu einer klaren Stimme, die direkt aus dem Stein zu kommen schien. „Mira..." „Wer spricht da?", fragte sie, als sie näher trat. „Was willst du von mir?" „Ich bin die Stimme der Blutlinie", antwortete der Stein mit einer tiefen, räsonierenden Stimme. „Ich bin hier, um dir die Wahrheit über deine Herkunft zu offenbaren." Mira zögerte. „Was meinst du damit?" „Du bist die Erbin einer alten Macht", erklärte der Stein. „Die Dunkelheit, die dich umgibt, ist nicht nur ein Feind, sondern auch ein Teil deiner Geschichte. Um die Dunkelheit zu besiegen, musst du wissen, wer du wirklich bist." „Ich... ich verstehe nicht", sagte Mira verwirrt. „Ich bin einfach Mira." „Du bist mehr als das", erklärte der Stein. „Du bist die Nachfahrin der ersten Vampirin, die sich Nyx angeschlossen hat. Deine Entscheidungen haben die Zukunft eurer Blutlinie geprägt. Wenn du die Dunkelheit besiegen willst, musst du deine Vergangenheit akzeptieren." Elias und Kaelan schauten Mira besorgt an. „Mira, das ist viel, um es auf einmal zu verarbeiten", sagte Elias vorsichtig. „Ich... ich kann das nicht alleine tun", murmelte Mira. „Ich brauche euch!" „Wir sind hier für dich", sagte Kaelan und legte eine Hand auf ihre Schulter. „Zusammen können wir das durchstehen." „Um die Dunkelheit zu besiegen, musst du die Wahrheit annehmen und die Macht in dir aktivieren", sagte der Stein. „Du musst den Pakt erneuern, den deine Vorfahren mit der Dunkelheit geschlossen haben." Mira spürte, wie ihr Herz schneller schlug. „Was muss ich tun?" „Du musst dich der Dunkelheit stellen und die Entscheidung treffen, ob du sie vernichten oder als Teil von dir annehmen willst", erklärte der Stein. „Nur so kannst du die Kraft der Blutlinie aktivieren." „Das klingt gefährlich", murmelte Elias. „Was, wenn sie dich überwältigt?" „Ich werde nicht aufgeben", sagte Mira entschlossen. „Ich werde die Dunkelheit annehmen und sie besiegen, egal was es kostet!" Plötzlich begann der Stein zu leuchten, und die mystischen Symbole pulsierten vor Energie. „Sei bereit, Mira. Die Dunkelheit wird alles versuchen, um dich zu stoppen." Just in diesem Moment spürte Mira, wie sich die Dunkelheit um sie herum verdichtete. „Wir müssen schnell handeln!", rief Kaelan und sah sich panisch um. „Die Schatten sind auf dem Weg!" „Ich kann das Licht aktivieren!", rief Mira und hob das Herz des Mondes in die Höhe. „Für die Blutlinie!" Doch als sie das Licht aktivierte, begann der Boden zu beben, und der Stein zerbrach in Stücke. „Die Dunkelheit ist stärker geworden!", rief die Stimme des Steins, bevor sie verstummte. Die Dunkelheit strömte auf sie zu, und Mira spürte, wie die Schatten sie umschlossen. „Mira!", rief Elias, während er versuchte, sie festzuhalten. „Halt durch!" Doch die Dunkelheit war unerbittlich und zog sie in seine Tiefen. „Du kannst nicht entkommen!", schrie Nyx aus dem Nebel, ihre Stimme wie ein Donnerschlag. „Die Dunkelheit wird dich besitzen!" „Mira!", rief Kaelan, während er versuchte, seine Freunde aus dem Schatten zu ziehen. „Wir müssen zusammenhalten!" Aber die Dunkelheit begann, sie zu trennen. Mira fühlte, wie die Verbindung zu Elias und Kaelan schwächer wurde, während die Schatten sie in ihre Fänge zogen. „Ich werde die Dunkelheit annehmen!", schrie Mira, als sich eine Welle der Energie in ihr aufbaute. Doch die Dunkelheit war schneller und hüllte sie vollständig ein. Plötzlich war alles schwarz. Mira spürte, wie die Dunkelheit sie umschloss, und in diesem Augenblick fragte sie sich: Würde sie die Dunkelheit besiegen oder würde sie unter ihrem Einfluss leben müssen? Und was würde mit Elias und Kaelan geschehen? Die Dunkelheit verschlang sie, und das letzte, was sie hörte, war das unheilvolle Lachen von Nyx, das durch den Nebel hallte.

**Kapitel 14: Der Ruf des Mondes!**

Die Dunkelheit hüllte Mira in ein erdrückendes Schweigen, und das Gefühl des Fallens hörte nicht auf. Sie konnte weder sehen noch hören, während sie in der Finsternis gefangen war. In dieser absoluten Schwärze spürte sie jedoch eine pulsierende Präsenz – die Dunkelheit war nicht nur eine Bedrohung, sondern auch ein Teil von ihr. „Mira...", flüsterte eine vertraute Stimme in ihrem Geist, und sie erkannte die Stimme der Königin. „Du musst den Ruf des Mondes hören. Die Wahrheit wird dich leiten." „Die Wahrheit...", murmelte Mira und versuchte, sich auf die Stimme zu konzentrieren. „Wo bist du?" „Ich bin immer bei dir", antwortete die Königin. „Du musst die Dunkelheit anerkennen. Sie ist ein Teil deiner Geschichte. Lass die Furcht los und finde die Kraft in dir." Mit einem tiefen Atemzug versuchte Mira, ihre Angst zu überwinden. „Ich bin nicht nur Mira, ich bin die Erbin der Blutlinie!", rief sie in die Dunkelheit. „Ich werde die Dunkelheit annehmen und sie besiegen!" Plötzlich spürte sie einen Riss in der Dunkelheit, und ein schwaches Licht begann zu leuchten. Es war ein sanftes, silbernes Licht, das wie der Mondstrahl auf sie herabfiel und die Schatten um sie herum zerstreute. „Das ist es!", rief sie und streckte ihre Hände nach dem Licht aus. Das Licht umhüllte sie und gab ihr neue Energie. Sie fühlte, wie die Dunkelheit von ihr abfiel, und ihre Sinne kehrten zurück. Mira fand sich auf der Lichtung wieder, umgeben von Elias und Kaelan, die sie besorgt anstarrten. „Mira!", rief Elias, während er näher trat. „Bist du in Ordnung?" „Ich... ich glaube schon", antwortete sie, wobei ihr Herz schneller schlug. „Das Licht des Mondes hat mir geholfen." „Wir müssen weiterkämpfen", sagte Kaelan, während er die Umgebung absuchte. „Nyx wird nicht aufgeben, und wir müssen einen Weg finden, um die Dunkelheit zu besiegen." „Der Mond ist unsere einzige Hoffnung", sagte Mira und hielt das Herz des Mondes in ihren Händen. Es pulsierte sanft und strahlte ein beruhigendes Licht aus. „Wir müssen den Pakt erneuern, den meine Vorfahren geschlossen haben." „Aber wie?", fragte Elias. „Wir wissen nicht einmal, wo wir anfangen sollen." „Die Königin hat gesagt, dass die Dunkelheit ein Teil meiner Geschichte ist", erklärte Mira. „Ich muss die Wahrheit über meine Blutlinie akzeptieren, um die Dunkelheit zu besiegen." „Das klingt riskant", murmelte Kaelan. „Was, wenn die Dunkelheit dich überwältigt?" „Ich werde nicht aufgeben", antwortete Mira mit fester Stimme. „Wir müssen zusammenarbeiten!" Während sie sprachen, begann das Herz des Mondes, heller zu leuchten. Plötzlich hörten sie ein tiefes Grollen, und die Luft um sie herum begann zu vibrieren. „Sie kommen!", rief Elias und sah sich nervös um. „Wir müssen uns beeilen!" „Wir müssen den Mond finden und den Pakt erneuern!", rief Mira entschlossen. „Das Licht wird uns den Weg zeigen!" Sie folgten dem Licht, das wie ein Leitstrahl durch den Nebel schnitt. Die Dunkelheit schien sich um sie zu winden, aber das Licht des Herzens des Mondes bot ihnen Schutz. Immer weiter liefen sie, bis sie eine große Lichtung erreichten, auf der der Mond hell am Himmel schien. „Schaut!", rief Kaelan und deutete auf den Mond. „Er sieht anders aus!" Mira sah hinauf und bemerkte, dass der Mond in einer ungewöhnlichen Form erschien – er war größer und strahlte mit einer intensiven, silbernen Energie. „Das ist es!", rief Mira. „Das ist der Ruf des Mondes!" „Was müssen wir tun?", fragte Elias. „Wir müssen unter dem Mond stehen und den Pakt erneuern", erklärte Mira. „Das wird uns die Kraft geben, die Dunkelheit zu besiegen." Die Gruppe stellte sich unter den strahlenden Mond und hielt das Herz des Mondes in die Höhe. „Wir sind die Erben der Blutlinie!", rief Mira. „Wir erneuern den Pakt mit dem Mond und der Dunkelheit!" Das Licht des Herzens des Mondes pulsierte und verband sich mit dem Licht des Mondes am Himmel. Ein strahlender Lichtstrahl fiel auf Mira und ihre Freunde, und sie spürten, wie die Kraft in ihnen aufstieg. „Fühlt die Energie!", rief Kaelan, als sie die Macht des Mondes in sich aufnahmen. „Wir können die Dunkelheit besiegen!" Doch plötzlich hörten sie ein tiefes Grollen, und die Dunkelheit sammelte sich um sie. „Ihr denkt, ihr könnt mich aufhalten?", schrie Nyx, während sie aus dem Nebel trat, umgeben von einer Armee schattenhafter Kreaturen. „Wir werden nicht aufgeben!", rief Mira und hob das Herz des Mondes höher. „Das Licht des Mondes wird uns beschützen!" „Das Licht?", fletschte Nyx und lachte höhnisch. „Es ist nicht stark genug, um die Dunkelheit zu besiegen!" Die Schatten strömten auf sie zu, und Mira spürte, wie die Dunkelheit sie umschloss. „Mira!", rief Elias, während er versuchte, sich zwischen sie und die Schatten zu stellen. „Wir müssen zusammenhalten!" Doch die Dunkelheit war unerbittlich und zog sie in ihre Fänge. „Ihr seid verloren!", rief Nyx und schickte eine Welle der Finsternis in ihre Richtung. „Die Dunkelheit wird euch verschlingen!" In diesem entscheidenden Moment spürte Mira, wie die Kraft des Mondes in ihr aufstieg. „Ich werde die Dunkelheit annehmen!", rief sie, während sie sich auf die Energie konzentrierte, die aus dem Herzen des Mondes strömte. „Ich werde sie besiegen!" Aber als sich das Licht intensivierte und die Dunkelheit zurückdrängte, dachte Mira an die Worte der Königin. „Die Dunkelheit ist ein Teil von dir..." Plötzlich wurde sie von einer Explosion der Dunkelheit erfasst, und alles um sie herum wurde schwarz. Mira spürte, wie die Schatten sie ergriffen und sie in die Dunkelheit zogen. Als die Dunkelheit sie umschloss, hörte sie das unheilvolle Lachen von Nyx, das durch den Nebel hallte. „Du wirst nie entkommen!" Würde Mira es schaffen, die Dunkelheit zu besiegen, oder würde sie für immer in den Fängen von Nyx gefangen bleiben?

**\*\*Kapitel 15: Die Entdeckung der Wahrheit!\*\***

Mira fühlte sich, als würde sie in einem endlosen Strudel aus Schatten gefangen sein. Die Dunkelheit hatte sie umhüllt, und ihre Gedanken waren wirr. Sie konnte die Stimmen von Elias und Kaelan in der Ferne hören, doch sie schienen immer weiter weg zu sein. „Mira, halt durch!", rief Elias. „Wir sind hier!" „Ich kann nicht...", murmelte Mira, während die Dunkelheit sie in ihren Bann zog. „Die Dunkelheit ist zu stark..." In diesem Moment spürte sie, wie die Dunkelheit sich um sie herum verdichtete und sie in die Tiefen ihrer eigenen Erinnerungen zog. Plötzlich fand sie sich in einem großen, düsteren Saal wieder, der von Kerzenlicht schwach erleuchtet wurde. Die Wände waren mit alten, mystischen Symbolen verziert, und ein großer Tisch war mit verschwommenen Bildern bedeckt. Am Tisch saßen Gestalten, die sie nur zu gut kannte – ihre Vorfahren, die ersten Vampire, die sich Nyx angeschlossen hatten. Mira spürte, wie das Herz des Mondes in ihrer Tasche pulsierte, als sie näher trat. „Was geschieht hier?", flüsterte sie. „Willkommen, Mira", ertönte eine vertraute Stimme. Es war die Königin der Blutlinie. „Du bist hier, um die Wahrheit über deine Herkunft zu entdecken." „Die Wahrheit...", murmelte Mira, während sie die Gesichter ihrer Vorfahren betrachtete. „Was ist die Wahrheit?" „Die Dunkelheit ist nicht nur dein Feind, sondern auch ein Teil von dir", erklärte die Königin. „Eure Blutlinie hat sich mit der Dunkelheit verbunden, und diese Verbindung hat sowohl Macht als auch Verantwortung." „Verantwortung?", fragte Mira. „Was für eine Verantwortung?" „Du bist die Nachfahrin der ersten Vampirin, die sich Nyx angeschlossen hat", sagte die Königin. „Und es liegt an dir, die Dunkelheit zu akzeptieren, um ihre Macht zu nutzen." Mira spürte, wie sich eine Welle der Verwirrung über sie legte. „Ich kann die Dunkelheit nicht akzeptieren!", rief sie. „Sie hat so viel Leid gebracht!" „Leid, ja", stimmte die Königin zu. „Aber auch Stärke. Die Dunkelheit kann eine Waffe sein, wenn du lernst, sie zu kontrollieren. Du musst die Entscheidung treffen, ob du sie als Verbündete oder als Feindin ansiehst." Plötzlich flackerte das Licht, und die Bilder auf dem Tisch begannen, sich zu verändern. Mira sah Szenen aus der Vergangenheit – ihre Vorfahren, die sich mit der Dunkelheit verbanden, und die Kämpfe, die sie führten. „Das war der Krieg um die Dunkelheit", murmelte sie. „Aber warum haben sie sich dafür entschieden?" „Die Dunkelheit bietet Macht und Unsterblichkeit", erklärte die Königin. „Aber sie verlangt auch einen Preis. Du musst bereit sein, diesen Preis zu zahlen." „Was für einen Preis?", fragte Mira, während das Herz des Mondes in ihrer Tasche stärker pulsierte. „Die Dunkelheit verlangt nach Opferbereitschaft", sagte die Königin. „Ein Teil von dir muss bereit sein, die Dunkelheit zu akzeptieren. Nur so kannst du die Verbindung erneuern und die Kraft der Blutlinie aktivieren." Mira fühlte sich hin- und hergerissen. „Aber was ist mit meinen Freunden? Was wird aus Elias und Kaelan?" „Sie sind Teil deines Schicksals", antwortete die Königin. „Das Licht und die Dunkelheit sind zwei Seiten derselben Medaille. Du musst den Pakt erneuern, um sie zu retten und die Dunkelheit zu besiegen." Während Mira über die Worte der Königin nachdachte, spürte sie, wie die Dunkelheit um sie herum lauter wurde. „Ich kann das nicht alleine tun", flüsterte sie. „Ich brauche die Unterstützung von Elias und Kaelan." „Du wirst sie brauchen, aber du musst zuerst die Entscheidung treffen", sagte die

Königin eindringlich. „Wenn du die Dunkelheit akzeptierst, wird sie dir ihre Kraft verleihen. Aber sei gewarnt: Sie wird auch versuchen, dich zu manipulieren." „Ich werde kämpfen", versprach Mira. „Ich werde nicht zulassen, dass die Dunkelheit mich kontrolliert!" In diesem Moment spürte sie, wie das Herz des Mondes in ihrer Tasche brannte. „Ich akzeptiere die Dunkelheit als Teil von mir!", rief sie, während sie sich auf das Licht konzentrierte, das sich in ihr aufbaute. Plötzlich erstrahlte der Saal in einem blendenden Licht, und die Dunkelheit um sie herum begann sich zurückzuziehen. „Die Verbindung...", flüsterte die Königin. „Du hast den ersten Schritt getan." Doch als das Licht heller wurde, spürte Mira, wie die Dunkelheit sich erneut zusammenzog, und die Stimme von Nyx ertönte: „Ihr glaubt, ihr könnt mich besiegen?" „Wir werden nicht aufgeben!", rief Mira, während sie sich dem Licht zuwandte und die Dunkelheit zurückdrängte. Die Dunkelheit wankte, aber Nyx war nicht bereit, aufzugeben. „Die Dunkelheit wird dich verschlingen, Mira!", schrie sie, während sie sich in einen Sturm aus Schatten verwandelte und auf Mira zustürmte. „Halt durch!", rief Elias in der Ferne, während er versuchte, die Dunkelheit zurückzuhalten. „Wir sind hier, Mira!" „Ich kann das Licht aktivieren!", rief Mira und hob das Herz des Mondes in die Höhe. „Für die Blutlinie!" Das Licht explodierte und erhellte den Raum, während die Dunkelheit zurückwich. Mira spürte, wie die Kraft in ihr wuchs, und sie wusste, dass sie die Dunkelheit nicht nur besiegen, sondern auch verstehen musste. „Ich werde die Dunkelheit annehmen und sie kontrollieren!", rief sie. „Ich werde die Wahrheit über meine Blutlinie akzeptieren!" Doch in diesem Moment spürte sie, wie sich die Dunkelheit um sie herum verdichtete und sie zurückzog. „Du bist nicht stark genug!", rief Nyx, während sie sich näherte. „Du wirst nie die Kontrolle über die Dunkelheit erlangen!" „Das werden wir sehen!", schrie Mira und konzentrierte sich auf das Herz des Mondes, das strahlend in der Luft schwebte. „Ich werde nicht aufgeben!" Plötzlich explodierte die Dunkelheit in einem gewaltigen Sturm, und Mira wurde von einer Welle der Macht erfasst. Sie fühlte sich, als würde sie in die Tiefen der Dunkelheit gezogen, während Nyx' Lachen durch die Luft hallte. „Du kannst die Dunkelheit nicht kontrollieren! Sie wird dich für immer gefangen halten!" „Mira!", rief Elias verzweifelt. „Kämpf gegen sie an!" Doch die Dunkelheit hüllte sie ein, und Mira spürte, wie ihre Kräfte schwanden. „Ich kann das Licht nicht halten!", schrie sie, während die Dunkelheit sie ergriff und sie in eine schreckliche Vision zog. Sie sah Bilder von ihrer Vergangenheit – die ersten Vampire, die sich Nyx angeschlossen hatten, und die schrecklichen Entscheidungen, die sie getroffen hatten. „Das ist dein Erbe!", rief Nyx. „Du kannst nicht entkommen!" In diesem entscheidenden Moment wurde Mira bewusst, dass die Dunkelheit nicht nur ein Feind war, sondern auch ein Teil ihrer eigenen Identität. „Ich werde die Dunkelheit annehmen!", rief sie, während sich eine Welle der Energie in ihr aufbaute. Doch bevor sie handeln konnte, wurde alles schwarz, und Mira spürte, wie die Dunkelheit sie endgültig ergriff. Was würde mit Mira, Elias und Kaelan geschehen? Würde sie die Dunkelheit besiegen oder für immer in ihrer Umklammerung gefangen bleiben?

**Kapitel 16: Der verräterische Blutmond!**

Mira fand sich in einem endlosen, dunklen Raum wieder, gefangen zwischen Licht und Schatten. Sie spürte die Präsenz der Dunkelheit um sich herum, die sie mit einem eisigen Griff festhielt. „Ich werde die Dunkelheit annehmen!", rief sie, während sie versuchte, sich gegen den Druck zu wehren, der auf ihr lastete. „Ich werde nicht aufgeben!" Doch die Dunkelheit schien stärker zu werden. „Du bist nichts ohne mich, Mira", flüsterte eine vertraute Stimme. „Du bist die Erbin der Dunkelheit. Du kannst sie nicht einfach ignorieren!" Es war Nyx, die aus den Schatten trat, ihre Augen glühten rot vor Wut. „Du kannst die Dunkelheit nicht kontrollieren, sie wird dich beherrschen!" „Nein!", rief Mira und versuchte, sich zu befreien. „Ich werde die Dunkelheit nicht kontrollieren lassen!" Plötzlich begann der Boden unter ihr zu beben, und der Raum um sie herum veränderte sich. Mira fand sich auf einer großen Lichtung wieder, unter einem blutroten Mond, der am Himmel schwebte. Die Atmosphäre war geladen mit Energie, und sie spürte, dass dies der Moment war, auf den sie gewartet hatte. „Der Blutmond...", murmelte sie, während sie den Himmel betrachtete. „Er ist ein Zeichen!" „Ja, ein Zeichen des Verrats", sagte Nyx mit einem hämischen Lächeln. „Er zeigt, dass du nicht entkommen kannst. Du bist in meiner Macht!" Mira spürte, wie die Dunkelheit sich um sie zusammenzog, und sie wusste, dass sie jetzt handeln musste. „Ich werde den Pakt erneuern!", rief sie und hob das Herz des Mondes in die Luft. „Für die Blutlinie!" Das Herz des Mondes begann zu pulsieren und strahlte ein intensives Licht aus. Der Blutmond über ihnen schien auf das Herz zu reagieren, und eine Welle der Energie durchflutete Mira. „Das Licht wird die Dunkelheit besiegen!", rief sie entschlossen. „Das Licht ist schwach!", rief Nyx und sandte eine Welle der Dunkelheit auf Mira zu. „Du kannst nichts gegen mich tun!" „Ich bin nicht allein!", rief Mira, als sie an Elias und Kaelan dachte. „Wir sind zusammen in diesem Kampf!" Die Dunkelheit prallte gegen das Licht des Herzens des Mondes und die beiden Kräfte kollidierten in einem spektakulären Aufeinandertreffen. Mira spürte, wie das Licht in ihr aufstieg und die Dunkelheit zurückdrängte. „Ich werde die Dunkelheit akzeptieren, aber ich werde sie nicht besiegen lassen!" Plötzlich ergriff die Dunkelheit sie und zog sie in eine Vision. Sie sah Bilder von ihren Vorfahren, die sich Nyx angeschlossen hatten, und die schrecklichen Entscheidungen, die sie getroffen hatten. „Das ist dein Erbe!", rief Nyx. „Du bist Teil von mir!" Mira kämpfte gegen die Vision an. „Das bin ich nicht! Ich bin mehr als das!" In diesem Moment spürte sie die Kraft des Blutmondes, die durch sie hindurchströmte. Sie konzentrierte sich auf das Licht und rief: „Ich werde die Wahrheit über meine Blutlinie annehmen!" Das Licht des Herzens des Mondes explodierte und erhellte die Lichtung. Die Dunkelheit wankte, und Mira sah, wie Nyx zurückwich. „Was geschieht hier?", rief Nyx, als die Dunkelheit um sie herum flackerte. Die Macht des Blutmondes war unaufhaltsam. „Ich bin nicht nur die Erbin der Dunkelheit, sondern auch das Licht!", rief Mira. „Ich werde die Dunkelheit besiegen!" Mira spürte, wie das Licht in ihr aufstieg und die Dunkelheit zurückdrängte. Die Schatten wankten und schienen zu zerfallen, während sie sich dem Licht näherte. „Mira!", rief Elias in der Ferne. „Du kannst es schaffen!" Doch die Dunkelheit war hartnäckig. „Du kannst nicht gewinnen!", schrie Nyx und sandte einen letzten, verzweifelten Angriff auf Mira. „Die Dunkelheit wird dich verschlingen!" „Das wird sie nicht!", rief Mira und konzentrierte sich auf das Licht. „Ich werde die Dunkelheit annehmen, aber ich werde sie kontrollieren!" Ein gewaltiger Lichtstrahl entkam dem Herzen des Mondes und durchdrang die Dunkelheit. Mira spürte, wie die Kraft in ihr aufblühte, und sie fühlte sich stärker als je zuvor. Doch plötzlich hüllte ein dichter Nebel die Lichtung ein, und Mira konnte nichts mehr sehen. „Was geschieht?", rief sie in die Dunkelheit. „Wo ist der Blutmond?" „Er wird verschwinden, wenn du die Dunkelheit nicht besiegst!", rief Nyx aus dem Nebel. „Du wirst alles verlieren!" Mira spürte, wie ihre Kräfte zu schwinden begannen. „Ich kann nicht aufgeben!", rief sie verzweifelt. „Ich werde die Dunkelheit kontrollieren!" Plötzlich hörte sie die Stimmen von Elias und Kaelan, die aus dem Nebel drangen. „Mira!", rief Elias. „Wir sind hier!" „Halt durch!", rief Kaelan. „Wir kommen!" Mira konzentrierte sich auf ihre Stimmen und spürte, wie das Licht in ihr wieder aufblühte. „Ich werde nicht zulassen, dass die Dunkelheit gewinnt!", rief sie und hob das Herz des Mondes erneut in die Höhe. Doch als sie das tat, sah sie aus dem Augenwinkel den Blutmond blitzen. „Mira!", schrie eine Stimme, die sie nicht kannte. „Achte auf den Mond!" „Was?", rief Mira, als sich die Dunkelheit um sie herum zu schließen begann. „Was ist mit dem Mond?" In diesem Moment sah sie, wie der Blutmond zu bluten begann. Der Himmel über ihnen wurde rot, und ein unheilvolles Lächeln breitete sich auf Nyx' Gesicht aus. „Der Blutmond zeigt dir die Wahrheit – und die Wahrheit ist, dass du verloren hast!" Die Dunkelheit strömte erneut auf sie zu, und Mira spürte, wie die Schatten sie ergriffen. „Nein!", schrie sie, während sie versuchte, sich zu befreien. „Ich werde die Dunkelheit nicht akzeptieren!" Doch die Dunkelheit war zu stark, und als sie die Verbindung zu Elias und Kaelan spürte, wurde alles um sie herum schwarz. „Mira!", rief Elias verzweifelt. „Kämpf weiter!" In diesem entscheidenden Moment sah Mira den Blutmond, der immer blutiger wurde. „Mira, entscheide dich!", rief die unbekannte Stimme aus dem Nebel. „Bist du bereit, die Dunkelheit zu akzeptieren oder sie zu besiegen?" Plötzlich spürte Mira die Dunkelheit in ihr aufsteigen, und sie wusste, dass sie eine Wahl treffen musste – eine Wahl, die ihr Schicksal und das Schicksal ihrer Freunde bestimmen würde. Der verräterische Blutmond schien über ihr zu lachen, während die

Dunkelheit sie vollständig umhüllte. Würde Mira die Dunkelheit besiegen oder sich ihr endgültig ergeben?

## **Kapitel 17: Ein Kampf gegen die Zeit!**

Mira fühlte sich, als würde sie im endlosen Nebel gefangen sein, während die Dunkelheit um sie herum pulsierte. Der Blutmond über ihr schien zu bluten, und die Schatten um sie herum schlossen sich zusammen, als Nyx' Stimme wie ein Schatten in ihrem Kopf hallte. „Du bist verloren, Mira. Die Dunkelheit wird dich verschlingen!" „Ich werde nicht aufgeben!", rief Mira, während sie sich gegen die Dunkelheit wandte. „Ich werde kämpfen!" Doch die Dunkelheit war nicht nur ein äußeres Feindbild; sie war auch ein Teil von ihr. Mira spürte, wie die Schatten in ihr wuchsen, und sie wusste, dass der Kampf nicht nur gegen Nyx, sondern auch gegen ihre eigenen Ängste und Zweifel gerichtet war. Plötzlich hörte sie die Stimmen von Elias und Kaelan, die durch den Nebel drangen. „Mira!", rief Elias. „Halt durch! Wir sind hier!" „Kämpf weiter!", rief Kaelan. „Wir glauben an dich!" Mira konzentrierte sich auf ihre Stimmen und spürte, wie das Licht des Herzens des Mondes in ihrer Tasche pulsierte. Die Dunkelheit um sie herum war stark, aber das Licht in ihr war stärker. „Ich werde die Dunkelheit annehmen!", rief sie. „Aber ich werde sie kontrollieren!" Der

Blutmond über ihr begann heller zu leuchten, und das pulsierende Licht des Herzens des Mondes antwortete darauf. „Ich werde die Dunkelheit nicht als Feind sehen!", rief Mira. „Ich werde sie als Teil von mir akzeptieren!" Doch während sie das Licht aktivierte, hörte sie ein tiefes Grollen. Der Blutmond schien sich zu verändern und wurde von einem schrecklichen Rot durchzogen. „Mira!", rief eine unbekannte Stimme aus dem Nebel. „Die Zeit läuft ab! Du musst dich entscheiden!" „Was meinst du damit?", fragte Mira, während sie die Dunkelheit zurückdrängte. „Ich habe noch Zeit!" „Die Dunkelheit wird bald ihren Höhepunkt erreichen", warnte die Stimme. „Wenn du nicht schnell handelst, wird die Dunkelheit die Oberhand gewinnen und du wirst für immer gefangen sein!" Mira spürte, wie ihre Kräfte schwanden. „Ich kann nicht aufgeben!", rief sie, während sie das Herz des Mondes noch fester umklammerte. „Ich werde die Dunkelheit besiegen!" Plötzlich wurde die Dunkelheit intensiver, und Mira spürte, wie sie in die Tiefe gerissen wurde. „Ich werde dich nicht verlieren!", rief Elias, während er versuchte, sie festzuhalten. „Halt durch!" Doch die Dunkelheit war unerbittlich und zog Mira in die Finsternis. „Du bist nicht stark genug, um die Dunkelheit zu kontrollieren!", schrie Nyx, während sie wie ein unheilvoller Schatten um sie herumtanzte. Als Mira in die Dunkelheit gezogen wurde, sah sie Bilder ihrer Vorfahren und die

Entscheidungen, die sie getroffen hatten. „Das bin ich nicht!", rief sie und versuchte, sich gegen die Visionen zu wehren. „Ich bin mehr als das!" „Du bist die Erbin der Dunkelheit!", rief Nyx. „Du kannst nicht entkommen!" In diesem entscheidenden Moment spürte Mira, dass sie die Dunkelheit annehmen musste, um sie zu besiegen. „Ich werde die Dunkelheit akzeptieren!", rief sie. „Aber ich werde sie kontrollieren!" Plötzlich spürte sie eine Welle der Energie, die durch sie hindurchströmte. Der Blutmond über ihr begann, sich zu verändern, und die Dunkelheit begann, sich zurückzuziehen. „Das Licht wird die Dunkelheit besiegen!", rief Mira und konzentrierte sich auf das Herz des Mondes. Doch die Dunkelheit war hartnäckig. „Du kannst nicht gewinnen!", schrie Nyx, während sie sich in einen Sturm aus Schatten verwandelte. „Die Zeit läuft ab!" „Ich werde die Dunkelheit besiegen!", rief Mira, während sie das Licht des Herzens des Mondes aktivierte. „Für die Blutlinie!" Die Dunkelheit wankte, als das Licht sie durchdrang, aber Nyx war entschlossen, nicht aufzugeben. „Du wirst alles verlieren, was dir lieb ist!", schrie Nyx, während sie eine Welle der Dunkelheit auf Mira zuschickte. Mira fühlte sich, als würde die Dunkelheit sie erdrücken, während sie versuchte, sich zu befreien. „Ich kann nicht aufgeben!", rief sie und konzentrierte sich auf das Licht in ihr. „Ich werde die Dunkelheit annehmen und sie nicht fürchten!" Die Dunkelheit begann zu wanken, und das Licht des Herzens des Mondes pulsierte stärker. „Mira, du musst die Dunkelheit akzeptieren, um sie zu kontrollieren!", rief Elias, der sich näherte. „Wir sind bei dir!" „Halt durch!", rief Kaelan, während er versuchte, die Dunkelheit zurückzudrängen. „Wir kämpfen zusammen!" Die Dunkelheit um sie herum begann sich zurückzuziehen, und Mira spürte, wie die Kraft in ihr wuchs. Doch die Zeit drängte. Der Blutmond über ihnen wurde immer blutiger, und Mira wusste, dass sie schnell handeln musste. „Ich werde den Pakt erneuern!", rief Mira, während sie das Herz des Mondes in die Höhe hielt. „Für die Blutlinie!" Doch in diesem Moment hörte sie das Dröhnen der Dunkelheit, die sich um sie sammelte. „Die Zeit ist um!", schrie Nyx und sandte eine letzte Welle der Finsternis auf Mira und ihre Freunde. „Ihr werdet fallen!" Mira spürte, wie sich die Dunkelheit um sie zusammenzog und die Verbindung zu Elias und Kaelan schwächer wurde. „Mira!", rief Elias, während er versuchte, sie festzuhalten. „Halt durch!" Doch die Dunkelheit war zu stark, und sie wurde von der Welle der Finsternis erfasst. „Ich kann nicht aufgeben!", schrie Mira, während die Dunkelheit sie umschloss und sie in die Tiefe zog. „Mira!", rief Kaelan, seine Stimme voller Angst. „Wir werden nicht aufgeben!" Doch als die Dunkelheit sie umhüllte, spürte Mira, wie die Zeit gegen sie arbeitete. „Ich werde die Dunkelheit besiegen!", rief sie verzweifelt. „Ich werde nicht zulassen, dass sie mich kontrolliert!" Plötzlich wurde alles schwarz, und Mira fand sich in einem Raum voller Schatten wieder. „Die Zeit ist um, Mira!", flüsterte Nyx, während sie sich näherte. „Du bist in meiner Macht!" In diesem entscheidenden Moment erkannte Mira, dass sie eine Wahl treffen musste, eine Wahl, die nicht nur ihr Schicksal, sondern auch das Schicksal ihrer Freunde bestimmen würde. Was würde mit Mira, Elias und Kaelan geschehen? Würden sie die Dunkelheit besiegen oder wäre dies der endgültige Untergang der Blutlinie?

**Kapitel 18: Der Aufstieg der Dunkelheit!**

Mira fand sich in einem tiefen, dunklen Raum wieder, als die Schatten um sie herum lebendig wurden. Nyx' kaltes Lachen hallte in ihrem Kopf wider, während sie spürte, wie die Dunkelheit sie umschloss und sie in die Tiefen ihrer eigenen Ängste zog. „Du hast die Dunkelheit akzeptiert, Mira", flüsterte Nyx, während ihre schattenhaften Gestalten um sie herumtanzten. „Jetzt wirst du die Konsequenzen tragen." „Ich habe nicht aufgegeben!", rief Mira, doch ihre Stimme schien im Nebel zu verhallen. „Ich werde die Dunkelheit nicht zulassen, dass sie mich kontrolliert!" „Oh, aber du bist nicht mehr die, die du einmal warst", entgegnete Nyx mit einem schadenfrohen Grinsen. „Du bist jetzt Teil der Dunkelheit." Während Mira versuchte, sich zu befreien, spürte sie, wie die Dunkelheit in ihr wuchs. Erinnerungen an ihre Vorfahren, die sich Nyx angeschlossen hatten, überfluteten sie. Sie sah Szenen von Kämpfen und Verrat, von Liebe und Verlust. „Das bin ich nicht!", schrie sie und versuchte, sich gegen die Bilder zu wehren. Doch die Dunkelheit war stark und drang in ihr Bewusstsein ein. „Du bist ein Teil der Blutlinie, Mira. Die Dunkelheit ist in dir. Akzeptiere sie!" Mira fiel auf die Knie und hielt sich den Kopf. „Nein!", rief sie verzweifelt. „Ich werde nicht aufgeben!" Plötzlich spürte sie, wie sich eine Welle der Energie durch sie hindurch bewegte. Die Dunkelheit, die sie umhüllte, begann sich zu verdichten, und sie wusste, dass dies der Moment war, in dem sie eine Entscheidung treffen musste. „Ich werde die Dunkelheit akzeptieren, aber ich werde sie kontrollieren!", rief sie, während sie das Herz des Mondes in die Höhe hielt. Das Herz begann zu pulsieren, und das Licht strahlte durch die Dunkelheit. „Das Licht wird die Dunkelheit besiegen!", rief Mira entschlossen. Doch Nyx war nicht bereit, aufzugeben. „Du bist schwach, Mira!", schrie sie, während sie eine

Welle der Dunkelheit auf Mira zuschickte. „Die Dunkelheit wird dich verschlingen!" Das Licht des Herzens des Mondes flackerte, als die Dunkelheit näher kam. Mira spürte, wie ihre Kräfte schwanden. „Ich kann nicht aufgeben!", rief sie und versuchte, das Licht zu aktivieren. „Du bist nicht stark genug!", rief Nyx, während sie sich in einen Sturm aus Schatten verwandelte. „Die Dunkelheit wird die Oberhand gewinnen!" Mira kämpfte gegen die Dunkelheit an, während sie das Herz des Mondes noch fester umklammerte. Sie spürte die Kraft in sich aufsteigen und wusste, dass sie das Licht nicht aufgeben durfte. „Das Licht wird die Dunkelheit besiegen!", rief sie. Doch während sie das Licht aktivierte, wurde alles um sie herum schwarz. Mira fand sich in einer anderen Dimension wieder, umgeben von Schatten und Dunkelheit. Hier war die Dunkelheit lebendig, und sie fühlte, wie sie versuchte, in ihr Bewusstsein einzudringen. „Du bist in meiner Macht!", flüsterte Nyx, während sie näher kam. „Akzeptiere deinen Platz in der Dunkelheit!" „Ich werde nicht aufgeben!", rief Mira, während sie versuchte, den Schatten zu entkommen. „Ich werde die Dunkelheit kontrollieren!" Doch Nyx' Lachen hallte durch die Dunkelheit. „Du kannst die Dunkelheit nicht kontrollieren, Mira! Sie wird dich für immer gefangen halten!" Mira spürte, wie ihre Kräfte schwanden, während die Dunkelheit sie umschloss.

„Ich kann nicht aufgeben!", rief sie verzweifelt. „Ich werde kämpfen!" Plötzlich brach das Licht des Herzens des Mondes durch die Dunkelheit und erhellte den Raum. „Das Licht wird die Dunkelheit besiegen!", rief Mira, während sie das Herz in die Höhe hielt. Doch die Dunkelheit war stärker als zuvor. „Die Dunkelheit wird sich immer wieder erheben!", schrie Nyx, während sie eine Welle der Schatten auf Mira zuschickte. „Du wirst nichts gewinnen!" Mira fühlte sich, als würde sie in die Tiefe gezogen, als die Dunkelheit sie ergriff. „Mira!", rief Elias, dessen Stimme aus dem Nebel drang. „Kämpf weiter!" „Ich kann nicht aufgeben!", rief Mira, während sie versuchte, sich zu befreien. „Ich werde die Dunkelheit besiegen!" Die Dunkelheit um sie herum begann sich zu verdichten, und Mira spürte, dass sie einen letzten Widerstand leisten musste. „Ich werde die Dunkelheit akzeptieren, aber ich werde sie nicht kontrollieren lassen!", rief sie und konzentrierte sich auf das Licht des Herzens des Mondes. „Das Licht wird die Dunkelheit besiegen!", rief sie und hob das Herz in die Höhe. Das Licht des Herzens des Mondes strahlte heller als je zuvor, und die Dunkelheit begann zu wanken. Mira spürte, wie die Kraft in ihr aufblühte, als das Licht die Schatten zurückdrängte. „Ich bin nicht allein!", rief sie und dachte an Elias und Kaelan. Aber Nyx war entschlossen, Mira zu besiegen. „Du wirst alles verlieren, was dir lieb ist!", schrie sie und schickte eine letzte Welle der Dunkelheit auf Mira zu. „Ich werde nicht aufgeben!", rief Mira und konzentrierte sich auf das Licht. „Ich werde die Dunkelheit besiegen!" Die Dunkelheit prallte gegen das Licht, und der Raum explodierte in einem grellen Blitz. Mira spürte, wie die Dunkelheit in ihr wuchs, aber sie erlaubte es nicht, sie zu kontrollieren. „Ich werde die Dunkelheit akzeptieren, aber ich werde sie nicht zulassen, dass sie mich besiegt!" Plötzlich wurde alles schwarz, und Mira fand sich in einem Raum voller Schatten wieder. „Die Dunkelheit wird sich erheben!", flüsterte Nyx, während sie sich näherte. „Du bist in meiner Macht!" „Ich werde nicht aufgeben!", rief Mira und versuchte, sich zu befreien. „Ich werde die Dunkelheit besiegen!" Doch die Dunkelheit umhüllte sie, und sie spürte, wie die Schatten sie ergriffen. „Mira!", rief Elias verzweifelt. „Halt durch!" Aber die Dunkelheit war zu stark, und Mira wurde von der Welle der Finsternis erfasst. „Ich kann nicht aufgeben!", schrie sie, während die Dunkelheit sie umschloss und sie in die Tiefe zog. „Du bist verloren, Mira!", schrie Nyx, während sie die Dunkelheit um Mira herum verdichtete. „Die Dunkelheit wird sich erheben!" In diesem entscheidenden Moment erkannte Mira, dass sie eine Wahl treffen musste – eine Wahl, die nicht nur ihr Schicksal, sondern auch das Schicksal ihrer Freunde bestimmen würde. Was würde mit Mira, Elias und Kaelan geschehen? Würden sie die Dunkelheit besiegen oder wäre dies der endgültige Aufstieg der Dunkelheit?

**Kapitel 19: Der letzte Schutzzauber!**

Mira fühlte sich, als würde sie in einem endlosen Abgrund fallen, während die Dunkelheit sie umhüllte und sie in die Tiefen ihrer eigenen Ängste zog. „Du bist verloren, Mira!", hallte Nyx' Stimme durch den Nebel. „Die Dunkelheit wird dich für immer gefangen halten!" „Ich werde nicht aufgeben!", schrie Mira, während sie versuchte, sich aus dem Griff der Dunkelheit zu befreien. „Ich werde die Dunkelheit besiegen!" Doch die Schatten schlossen sich um sie und zogen sie tiefer in die Finsternis. Sie spürte, wie die Dunkelheit in ihr wuchs und sich mit ihren eigenen Ängsten verband. „Du kannst nicht entkommen!", flüsterte Nyx, während sie näher kam. „Du bist ein Teil von mir!" In diesem entscheidenden Moment erinnerte sich Mira an die Worte der Königin der Blutlinie. „Um die Dunkelheit zu besiegen, musst du den letzten Schutzzauber aktivieren", hatte sie gesagt. „Nur so kannst du die Dunkelheit überwinden und das Licht zurückbringen."

Mira schloss die Augen und konzentrierte sich auf das Licht in ihr – das Licht des Herzens des Mondes. „Ich werde den letzten Schutzzauber aktivieren!", rief sie, während sie versuchte, sich von der Dunkelheit zu befreien. „Das Licht wird die Dunkelheit besiegen!" Plötzlich spürte Mira, wie sich die Dunkelheit um sie herum verdichtete, und sie wurde in eine Vision gezogen. Sie sah Bilder von ihren Vorfahren, die sich Nyx angeschlossen hatten, und die schrecklichen Entscheidungen, die sie getroffen hatten. „Das bin ich nicht!", rief sie verzweifelt. „Ich bin mehr als das!" „Du bist die Erbin der Dunkelheit!", rief Nyx. „Du kannst nicht entkommen!" Mit einem tiefen Atemzug kämpfte Mira gegen die Vision an. Sie wusste, dass sie sich der Dunkelheit stellen und den Schutzzauber aktivieren musste. „Ich werde die Dunkelheit akzeptieren, aber ich werde sie nicht kontrollieren lassen!", rief sie. „Ich werde den letzten Schutzzauber aktivieren!" In diesem Moment spürte sie eine Welle der Energie, die durch sie hindurchströmte. Das Licht des Herzens des Mondes begann zu pulsieren und erhellte die Dunkelheit um sie herum. „Das Licht wird die Dunkelheit besiegen!", rief Mira, während sie das Herz in die Höhe hielt. Doch Nyx war nicht bereit, aufzugeben. „Du bist schwach, Mira!", schrie sie, während sie eine Welle der Dunkelheit auf Mira zuschickte. „Die Dunkelheit wird dich verschlingen!"

Mira spürte, wie die Dunkelheit sie umhüllte, aber sie kämpfte weiter. „Ich werde den Schutzzauber aktivieren!", rief sie. „Ich werde die Dunkelheit besiegen!" Die Dunkelheit um Mira begann zu wanken, als das Licht des Herzens des Mondes stärker wurde. „Ich bin nicht allein!", rief sie und dachte an Elias und Kaelan, die in der Dunkelheit gefangen waren. „Wir sind zusammen in diesem Kampf!" Die Schatten um sie herum begannen zu zerfallen, während das Licht sie durchdrang. „Das Licht wird die Dunkelheit besiegen!", rief Mira, als sie das Herz des Mondes in die Höhe hielt. „Ich aktiviere den letzten Schutzzauber!" Plötzlich brach ein grelles Licht aus dem Herzen des Mondes hervor und erhellte die Dunkelheit. Mira spürte, wie die Kraft des Schutzzaubers durch sie hindurchströmte und die Dunkelheit zurückdrängte. „Ich werde die Dunkelheit besiegen!" Aber Nyx war nicht bereit, aufzugeben. „Du wirst alles verlieren, was dir lieb ist!", schrie sie und sandte eine letzte Welle der Dunkelheit auf Mira zu. „Die Dunkelheit wird sich erheben!" Mira fühlte sich, als würde die Dunkelheit sie erdrücken, während sie versuchte, das Licht zu aktivieren. „Ich kann nicht aufgeben!", rief sie und konzentrierte sich auf das Licht in ihr. „Ich werde den letzten Schutzzauber aktivieren!" Die Dunkelheit wankte, und Mira spürte, wie die Kraft des Schutzzaubers in ihr aufblühte. Doch während die

Schatten um sie herum flogen, wusste sie, dass sie eine Entscheidung treffen musste. „Ich werde die Dunkelheit annehmen und sie kontrollieren!", rief sie. „Ich werde den letzten Schutzzauber aktivieren!" Das Licht des Herzens des Mondes erstrahlte heller als je zuvor, und die Dunkelheit begann, sich zurückzuziehen. „Das Licht wird die Dunkelheit besiegen!", rief Mira und hob das Herz in die Höhe. Die Dunkelheit um sie herum begann zu zerfallen, und Mira wusste, dass sie kurz davor war, den letzten Schutzzauber zu aktivieren. „Ich werde die Dunkelheit besiegen!", rief sie und konzentrierte sich auf das Licht. „Das Licht wird die Dunkelheit vertreiben!" Doch in diesem entscheidenden Moment spürte Mira einen Riss in der Dunkelheit, und Nyx' lautes Lachen hallte durch den Raum. „Du bist nicht stark genug!", rief sie. „Die Dunkelheit wird sich erheben!" Mira fühlte, wie die Dunkelheit sie erneut ergriff, und sie wusste, dass sie alles riskieren musste. „Ich werde nicht aufgeben!", rief sie verzweifelt und konzentrierte sich auf das Licht. „Ich werde den letzten Schutzzauber aktivieren!" Plötzlich explodierte die Dunkelheit in einem gewaltigen Sturm, und Mira wurde von einer Welle der Energie erfasst. Sie spürte, wie die Dunkelheit sie umschloss und sie in die Tiefe zog. „Mira!", rief Elias, während er verzweifelt versuchte, die Dunkelheit zurückzudrängen. „Halt durch!" Doch die Dunkelheit war unerbittlich und zog sie in seine Fänge. „Du kannst nicht entkommen!", schrie Nyx, während sie die Dunkelheit zusammenzog. „Die Dunkelheit wird dich besitzen!" Mira fühlte, wie die Verbindung zu Elias und Kaelan schwächer wurde. „Ich kann nicht aufgeben!", schrie sie. „Ich werde den Schutzzauber aktivieren!" Doch als sie das Licht aktivierte, wurde alles schwarz. Mira spürte, wie die Dunkelheit sie umschloss, und in diesem Augenblick fragte sie sich: Würde sie die Dunkelheit besiegen oder würde sie unter ihrem Einfluss leben müssen? Und was würde mit Elias und Kaelan geschehen? Die Dunkelheit verschlang sie, und das letzte, was sie hörte, war das unheilvolle Lachen von Nyx, das durch den Nebel hallte.

**Kapitel 20: Das Versprechen der Nacht!**

Mira schloss die Augen, während die Dunkelheit sie umhüllte. Sie fühlte sich gefangen, als würde sie in einem endlosen Strudel aus Schatten und Finsternis versinken. Nyx' schreckliches Lachen hallte in ihrem Kopf wider, während sie versuchte, die Kontrolle über sich selbst zurückzugewinnen. „Du bist verloren, Mira!", rief Nyx. „Die Dunkelheit wird dich für immer besitzen!" „Ich werde nicht aufgeben!", schrie Mira, während sie sich mit aller Kraft gegen die Dunkelheit wandte. „Ich werde die Dunkelheit besiegen!" Das Licht des Herzens des Mondes in ihrer Tasche begann zu pulsieren und strahlte wie ein Stern in der Nacht. „Das Licht wird die Dunkelheit vertreiben!", rief Mira, während sie das Herz in die Höhe hielt. „Ich akzeptiere die Dunkelheit als Teil von mir, aber ich werde sie nicht kontrollieren lassen!" Im nächsten Moment spürte sie, wie die Dunkelheit um sie herum zu wanken begann. Das Licht des Herzens des Mondes erhellte den Raum, und die Schatten zogen sich zurück. „Das Licht wird die Dunkelheit besiegen!", rief Mira und konzentrierte sich auf die Energie, die durch sie hindurchströmte. Die Dunkelheit wankte, und Mira fühlte sich stärker als je zuvor. „Ich bin die Erbin der Blutlinie!", rief sie. „Ich werde die Dunkelheit annehmen und die Kraft des Lichtes aktivieren!" Mit einem gewaltigen Lichtstrahl durchbrach das Herz des Mondes die Dunkelheit, und Mira fühlte, wie die Schatten um sie herum zerfielen. „Du wirst nicht gewinnen!", schrie Nyx verzweifelt. „Die Dunkelheit wird sich immer wieder erheben!" „Ich werde nicht zulassen, dass du das Licht besiegst!", rief Mira und konzentrierte sich auf den Schutzzauber, den sie aktivieren wollte. „Ich werde das Versprechen der Nacht ablegen!" Die Dunkelheit begann zu wanken, und Mira spürte, wie die Energie des Mondes sich mit dem Licht verband. „Das Versprechen der Nacht wird die Dunkelheit besiegen!", rief sie und hob das Herz des Mondes in die Höhe. Plötzlich brannte ein grelles Licht in der Dunkelheit, und Mira fühlte, wie die Dunkelheit sie zurückdrängte. „Ich werde die Dunkelheit annehmen und sie kontrollieren!", rief sie. „Das Licht wird die Dunkelheit vertreiben!" Die Dunkelheit um sie herum begann zu zerfallen, und Mira wusste, dass sie kurz davor war, den letzten Schutzzauber zu aktivieren. „Ich verspreche, das Licht zu schützen, und ich werde die Dunkelheit besiegen!" In diesem entscheidenden Moment spürte Mira, wie die Kraft des Schutzzaubers in ihr aufblühte. Das Licht des Herzens des Mondes erstrahlte heller als je zuvor, und die Dunkelheit begann, sich zurückzuziehen. „Du bist schwach, Mira!", schrie Nyx, während sie versuchte, die Dunkelheit zusammenzuziehen. „Die Dunkelheit wird sich erheben!" „Ich werde nicht aufgeben!", rief Mira und konzentrierte sich auf das Licht. „Ich werde das Versprechen der Nacht einhalten!" Die Dunkelheit um sie wankte, und Mira wusste, dass sie den finalen Kampf gewinnen musste. „Das Licht wird die Dunkelheit besiegen!", rief sie entschlossen, während sie das Herz des Mondes noch fester umklammerte. Plötzlich spürte Mira, wie eine Welle der Energie durch sie hindurchströmte. Der Blutmond über ihr leuchtete intensiver, und die Dunkelheit begann, sich zurückzuziehen. „Das Licht wird die Dunkelheit vertreiben!", rief Mira und hob das Herz in die Höhe. Doch Nyx war nicht bereit, aufzugeben. „Die Dunkelheit wird sich erheben!", schrie sie, während sie eine letzte Welle der Dunkelheit auf Mira zuschickte. „Du wirst alles verlieren, was dir lieb ist!" Mira fühlte sich, als würde die Dunkelheit sie erdrücken, aber sie kämpfte weiter. „Ich werde nicht aufgeben!", rief sie und konzentrierte sich auf das Licht in ihr. „Ich werde das Versprechen der Nacht ablegen!" Plötzlich explodierte die Dunkelheit in einem gewaltigen Sturm, und Mira wurde von einer Welle der Energie erfasst. Sie spürte, wie die Dunkelheit um sie herum zerfiel, und die Schatten begannen, sich zurückzuziehen. „Das Licht wird die Dunkelheit besiegen!", rief Mira und konzentrierte sich auf die Kraft des Mondes. „Mira!", rief Elias, dessen Stimme aus dem Nebel drang. „Kämpf weiter!" „Wir sind bei dir!", rief Kaelan. „Halt durch!" Mit einem letzten Aufbäumen aktivierte Mira das Licht des Herzens des Mondes und rief: „Ich verspreche, das Licht der Nacht zu beschützen!" Die Dunkelheit um sie herum begann zu zerfallen, und Mira spürte, dass sie die Dunkelheit besiegt hatte. Doch in diesem entscheidenden Moment spürte sie, wie sich eine neue Bedrohung zusammenbraute. „Du bist nicht die Einzige, die Macht hat, Mira!", schrie Nyx, während die Dunkelheit sich um sie sammelte. „Was geschieht hier?", fragte Mira, als die Dunkelheit erneut über sie hereinbrach. „Die Dunkelheit wird sich immer wieder erheben!", rief Nyx. „Du kannst nicht gewinnen!" Mira spürte, wie die Dunkelheit sie erneut umhüllte, und sie wusste, dass sie alles riskieren musste. „Ich werde nicht aufgeben!", rief sie verzweifelt. „Ich werde das Versprechen der Nacht einhalten!" In diesem Moment spürte Mira die Dunkelheit in sich aufsteigen und wusste, dass sie eine Wahl treffen musste – eine Wahl, die nicht nur ihr Schicksal, sondern auch das Schicksal ihrer Freunde bestimmen würde. Plötzlich wurde alles schwarz, und Mira fand sich in einem Raum voller Schatten wieder. „Die Dunkelheit wird sich erheben!", flüsterte Nyx, während sie sich näherte. „Du bist in meiner Macht!" „Ich werde nicht aufgeben!", rief Mira und versuchte, sich zu befreien. „Ich werde das Versprechen der Nacht einhalten!" Doch die Dunkelheit umhüllte sie, und sie spürte, wie die Schatten sie ergriffen. „Mira!", rief Elias verzweifelt. „Halt durch!" Aber die Dunkelheit war zu stark, und Mira wurde von der Welle der Finsternis erfasst. „Ich kann nicht aufgeben!", schrie sie, während die Dunkelheit sie umschloss und sie in die Tiefe zog. „Die Dunkelheit wird sich erheben!", schrie Nyx, während sie die Dunkelheit um Mira herum verdichtete. „Du bist verloren!" In diesem entscheidenden Moment erkannte Mira, dass sie eine Wahl treffen musste – eine

Wahl, die nicht nur ihr Schicksal, sondern auch das Schicksal ihrer Freunde bestimmen würde. Was würde mit Mira, Elias und Kaelan geschehen? Würden sie die Dunkelheit besiegen, oder wäre dies der Anfang eines neuen, noch gefährlicheren Kapitels in ihrem Leben?